东北抗联三部曲

柿子地
SHIZIDI

张忠诚 ———————— 著

二十一世纪出版社集团
21st Century Publishing Group

图书在版编目（CIP）数据

柿子地 / 张忠诚著. -- 南昌：二十一世纪出版社集团, 2023.1（2025.5重印）
（东北抗联三部曲）
ISBN 978-7-5568-6654-0

Ⅰ.①柿… Ⅱ.①张… Ⅲ.①长篇小说—中国—当代 Ⅳ.①I247.5

中国版本图书馆CIP数据核字（2022）第156133号

柿子地
SHIZI DI　张忠诚 / 著

出 版 人　刘凯军
策　　划　谈炜萍　　　　　　特约编辑　郑应湘
责任编辑　王雨婷　袁　蓉　　版式设计　熊文华　黄　明
封面设计　彭　蕾　　　　　　绘　　图　梦　丹

出版发行	二十一世纪出版社集团（江西省南昌市子安路75号　330025）
网　　址	www.21cccc.com
经　　销	全国新华书店
开　　本	889 mm × 1320 mm　1/32
字　　数	157 千字
书　　号	ISBN 978-7-5568-6654-0
印　　刷	南昌市红星印刷有限公司

印　张　7.75　插　图　14
版　次　2023 年 1 月第 1 版
印　次　2025 年 5 月第 2 次印刷
定　价　30.00 元

赣版权登字 -04-2022-418　版权所有，侵权必究
购买本社图书，如有问题请联系我们；扫描封底二维码进入官方服务号。服务电话:0791-86512056(工作时间可拨打);
服务邮箱：21sjcbs@21cccc.com

一个日本人，企图沦陷一座校园。
于不可抗争处的抗争，
是少年的勇气，是先生的风骨，
是柿子地里的希望。

双羊镇小学布局图

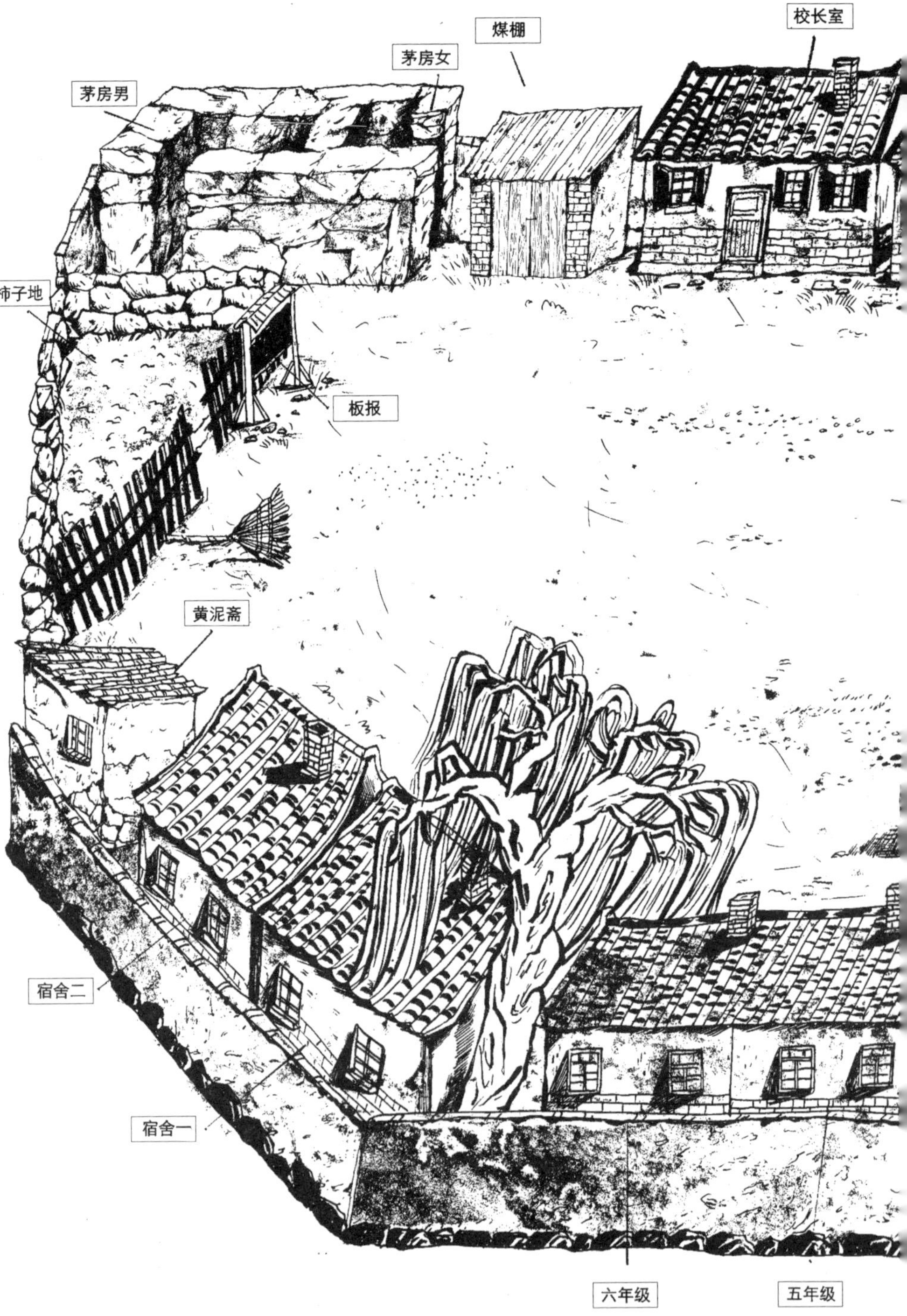

- 教员室二
- 教员室一
- 主事办公室
- 御影室
- 厨房
- 水井
- 饭堂
- 操台
- 四年级
- 三年级
- 二年级
- 一年级

第一章

娘将捆被褥的布条勒紧了些，叮嘱茂生周末背回来晒一晒。茂生小声应着娘，怕吵醒了三妹雅珍。再过五天就是清明节了，天还是冷得邪乎。茂生将自己的薄被子压在三妹身上，雅珍还是冷得打团儿。

下个月雅珍要嫁人了，她才十岁，去给胡椒屯刘家做养媳妇。刘家来下定的前一天，茂生跟爹说："别嫁雅珍了，不上学也没啥，干啥不是吃一碗饭？"孙友礼横眉立眼，差点抡他一巴掌："你三妹是去享福，不是跳火坑，刘家拔根汗毛也比爹的腰粗，这样的人家打着灯笼也难找。"茂生还想辩一句，见爹胡子都翘起来了，只好说："我好好上学，将来三妹借我的光。"孙友礼怒气方消："这就对了，念好书你才对得起你三妹。"

出门前天还黑着，孙友礼也要赶早去做短工，出门后替茂生背着行李卷。走到了一个三岔口，又将行李卷背在茂生身上，嘱咐茂生："记着好好念书，上好课，学好课本，别的不关咱的事。"

茂生知道爹说的是啥，他说："爹，我记得牢着呢。"爹搓搓手，焐住茂生耳朵说："谁要问你，你都说是满洲人。"茂生耸了耸肩，让背行李的带子紧一些。耳朵让爹焐暖了，他说："爹，我记着，我说满洲人。"爹又小声说："嘴上是嘴上，心里要记着，咱是中国人。不过心里有数就行，嘴巴可不要乱说。"

四周还黑着，几颗寒星在天上闪烁。孙友礼从三岔口去刘哈屯，路上只剩了茂生一个黑影。要走二十多里，才能到双羊镇小学。茂生有些怕，棉鞋在土路上摩擦的声音被放大，身上毛孔也跟着张大。冷风斜吹在半边脸上，耳朵被吹得生疼。他想起娘说的倒春寒来，今年怕不是个好年景。

下一个屯子是高甸子，有茂生同班同学吕广大。上学期爹要送茂生到高甸子，遇见广大了再回孙家湾。开学前爹告诉茂生，从这个春天起，他要自己走去高甸子。茂生走得胆突突的，心里长了毛刺草，拳头也握得紧紧的，走得脚后跟不沾地，走慢了怕吕广大先走了。

广大在村口等茂生，但他也不确定茂生会不会来。上学期茂生迟交伙食费，差点被日本主事原田开除。田世贤校长替茂生垫付了，原田才没再撵茂生。直到原田被关东军征召走了，茂生才安下心上学。但广大还是信茂生能接着上学，原因在茂生爹身上。

孙友礼曾说只要他有三寸气在，就算砸锅卖铁，茂生的学也要上下去。乡邻说孙友礼啊孙友礼,你这是瘦驴偏要拉一坨硬屎。对人们并不友好的嘲讽,孙友礼不以为意,他的眼里只有茂生的功课。手心手背都是肉,为了儿子上学嫁女儿,这个孙友礼,什么人呢?

有时东家午饭供一点酒,孙友礼喝得脸红,拍着胸口说:"等着看吧,我儿子会出人头地的。"乡邻们也懒得驳孙友礼,那年头卖儿卖女的常有,女儿早早去当养媳妇的也常有。好歹刘家比孙家富有多了,倒掉的稀汤也比孙家碗里的粥还稠些。

广大看见一个黑影走来,知道是茂生,惦记着的心放了下来。上学要抓紧,迟到了日本人要责罚。原田被征召走了,还不知派来一个什么样的日本人。日本主事是学校里的副校长,但比校长还说了算。原田是个军人,动不动就打学生,抡巴掌扇嘴巴更是家常便饭。上学迟到打两个嘴巴,上课迟到扇一个嘴巴。

走到红草河边上,河冰半化不化。他们挽起裤腿,鞋提在手上。这个不能多想,眼一闭就要下河。茂生先蹚进了冰河,寒凉一下子让他浑身激灵,冰得他突然想尿尿。多凉都不能打退堂鼓,一想着水凉便再也没法过河。上了岸,脚不知道凉,冻木了。穿上鞋走了好一阵,脚底板才又有了知觉。

他们谁都没说话,一前一后走着。原田立下的规矩,走路说悄悄话,会被怀疑在说不可告人的秘密,发现了罚站打嘴巴是轻的,抓去宪兵队上刑也是有的。久了,就算没日本人在跟前儿,也不大敢说话了。

走到陈屯,茂生心里开始发慌。陈铁血住在陈屯,他很怕跟陈铁血一道走。不是陈铁血霸道欺负人,是陈铁血爱说话,一路上小嘴叭叭叭说个不停,日本人不爱听什么他说什么。陈铁血他爷是老说书匠,有名的陈铁嘴。打小儿陈铁血听他爷说书,也有了他爷的三分本事,八竿子打不着的事,也能说得云山雾罩。

原田没离开双羊镇时,他把陈铁血当头号"惯犯",也打过几回陈铁血。陈铁血不服,怒目而视,血灌瞳仁。隔三天过五日,原田总要受些捉弄,烟囱堵了石头啦,床上灌了水啦。他猜到是陈铁血在反击,又抓不住证据。学校里二百多个学生,陈铁血是为数不多的敢对原田怒目而视的。

茂生不想惹日本人,他只想好好念书。日本人要求什么,就乖乖做什么,即便挨了原田的打,也是打掉牙往肚里咽。他在学校躲着陈铁血,生怕跟陈铁血有瓜葛,一不小心惹恼了日本人。

一路上学生多了,队伍便有些散漫。茂生不动声色,脚下却加了紧,甩开了陈铁血。陈铁血没注意茂生,正跟同学们说着什么。

茂生嘟嘟囔囔,骂了陈铁血一句。

"碎嘴子。"

陈铁血嘴不只碎,还毒,因为这张嘴,没少挨原田的打。他似乎没长记性,原田打他越狠,他背后骂原田越凶。他的同学说他像个铁皮人，打身上不疼似的。

别看茂生不想和陈铁血同行，却打心眼里服陈铁血。陈铁血不怕原田，挨了打也从来不哭，流血了擦一擦，看着背影骂原田："敲了你的狗脑壳。"

原田被征召走了，听说要去"山里"。看着来学校接原田的汽车，陈铁血恨恨地说："等着吧，大老杨会敲碎你的狗脑壳。"

大老杨可是赫赫有名的抗联一军司令、山林之王。日本人对他恨得牙根痒痒，鬼子兵出动了一队又一队，就是抓不到大老杨。

茂生他们在原田面前，连大气也不敢喘，更不要说嚷嚷敲原田脑壳。级任韩启愚先生护学生，叮嘱陈铁血："有些话要放在心里，别没敲碎原田脑壳，原田先要了你的小命。"

因韩先生老护着陈铁血，原田连带着也敌视韩先生。原田在暗地里调查韩先生，想给他扣上一顶"思想犯"的帽子，但还没找到证据便被征召走了。

原田离开双羊镇，欢呼声最大的是学生，总算不再受他的气；同时也为韩先生庆幸，若他真被当成"思想犯"抓去，十有八九活不成。原田走后到放冬假的几天里，双羊镇小学闹翻了天。田校长坐在办公室喝茶，不管不问，他想让学生们闹一闹。韩先生没有太高兴，心事重重地说："就怕走了小鬼来个阎王，可就遭了大殃。"

茂生最先走到学校门口,想起韩先生说的小鬼、阎王的话来,不知上边又派来一个怎样的日本主事,但愿是一个比原田温和一些的人。

学校大门立着两根松木杆子,没有门板,松木横杆上钉着一块木板,被雨浇得黑不溜秋,黑漆校名已剥落。

进校门右侧有间小房子,是御影室,供着"满洲国"皇帝溥仪的画像。学生进出校门要向御影室行礼,不行礼要先挨板子再被开除。行礼没有四十五度,要治大不敬之罪。茂生每次都规规矩矩行礼,腰弯得足够深。他的屁股还从来没有因行礼挨过板子。

茂生一只脚刚跨进去,就见门里站着一个日本人,一身日本陆军军服,脚上蹬着马靴,腰上挎着一把怪模怪样的战刀,最特别的是这个日本人是独眼。他赶紧向独眼行了举手礼,又恭敬地转向御影室,深深弯腰行了低头礼。

茂生刚要转身走向教室,独眼猛然喊住茂生。茂生的心开始狂跳,不知独眼要找他什么碴儿。茂生立定,一个标准的向后转,低头听独眼训话。

"背的是什么?"

茂生心中正慌乱,嘴上便语无伦次起来。原田问你话,不管你回答什么,都要挨打。答对了一巴掌,答不对指不定几巴掌。

茂生不知道这个独眼的脾气。

"报告,是行李。"

"什么行李?"

"被子、褥子、枕头,都是睡觉用的铺盖。"

独眼要打开行李查看,茂生更慌了。学校里吃不饱,娘给他炒了点豆面带着。原田不准带吃的上学,住宿生都是偷摸带一些炒面,夜里饿了舀一勺充饥。茂生犹豫了一下,独眼一把扯断了绳带子,行李卷散开在地上,滚出豆面罐子来。独眼捡起罐子,打开闻了闻,再将罐口向下,将炒豆面撒在了地上,连罐子也给摔了。

茂生心疼豆面,这每一粒豆子,都是三妹的彩礼。他下意识要去捧炒豆面,忽然想起原田的规矩来,罚站时不允许动,一寸也不能动。茂生立正站好,头低垂着,一滴汗珠落在了鞋面上。

茂生不心疼炒豆面了,只盼着独眼撒了豆面,气也出了,放他回教室去。茂生想错了,撒豆面只是独眼出气的开始。

独眼叫吉野正雄,长崎人。上小学时,他的学校很像一个军营,每天都要上操练课,刚上二年级吉野就端真枪了。他们背着大麻包,夏天跪在泥坑里,冬天赤脚站在雪地上,腿脚麻木后再端着枪排队冲锋,落在后面的要挨教官的鞭子。操练完校长还要训上半天话:"大日本帝国天定要征服亚洲,向太平洋挺进,协助帝国完成这个使命是每个小学生的责任……"然后是向着东京方向,集体山呼"天皇万岁"。

中学还没毕业，吉野已把自己当作一个"天皇兵"。就在毕业前夕，一次意外让他失去了右手食指。他去报名参军没有如愿，因为没了右手食指，打枪没法扣扳机。吉野不死心，满脑子都是"征服亚洲，向太平洋挺进"，下苦功练习用左手扣扳机，真就练了一手好枪法。

吉野最终被征召来到中国东北，不光是他学会了左手勾扳机打枪，还因为他说得一口极好的中国话。吉野的父亲年轻时被派到旅顺的学校教日文，后来回到了日本。他的父亲会说流利的中国话，便教他的儿子从小说中国话。

吉野随关东军进山里与抗联作战，偏偏又被抗联战士打瞎了右眼。眼睛伤好后他用左眼瞄准，打枪准度差得离谱。吉野死活不肯跟着伤兵船回日本，便被派到双羊镇小学做了主事。

吉野不甘心在学校做主事，还幻想再当回"天皇兵"。那只瞎眼没有让他失去尊严，反而成了到处炫耀的资本。吉野参加军人的私人聚会，老是滔滔不绝地讲他如何瞎的眼。

低着头的茂生看见一只马靴向他跨过来，他的身体在微微战栗。吉野抡起四指巴掌，噼噼啪啪连着扇了茂生六个耳光。挨一个耳光，茂生一个趔趄。他还要迅速站直，迎接吉野的下一巴掌，脸上还不能有痛苦的表情，更不用说学陈铁血怒目而视。

茂生的绝对服从，让吉野无比快意，但他并不想罢休，茂生是一个极好的立威风的对象。吕广大几个也走到了校门口，让这个独眼给吓住了。其他学生都往后缩,而陈铁血原地没动,这样他就站在了吉野和其他学生中间。其他学生想溜墙根回教室去,吉野大吼一声:"都站住。"学生们都立住脚。吕广大根本没动,他比同年级学生高出两头,孤零零的,像只高脚鸡。

陈铁血的爹救了一个打日本的东北军排长,日本人抓了陈铁血的爹给害了。娘死得又早,陈铁血便和爷爷一起生活。他爷爷走村串屯吃开口饭,后来患上眼疾,双眼半瞎,不再四处游走说书。生活从此更难了,可还是坚持让陈铁血念书。

吉野撅了撅仁丹胡,横双眉,立独眼:"你们对满洲皇帝大大地不敬,对天皇更是大大地不忠。"

这时学生们才想起还没向御影室行礼,都悄没声地走到御影室前,一个一个地行了礼。吉野让刚进校门的学生站在操场上。他一手握着腰刀柄,一手比比画画。

吉野命令所有学生脱去上衣,排成两队在操场上跑圈。穿着衣服尚且冻得哆嗦,脱了衣服简直在要命。学生们还在犹豫要不要脱衣时,前排几个人已挨了吉野的巴掌。大家再不敢违抗,操场上响起一片脱衣声,接着是牙齿打战、咬牙切齿的咯咯响。

学生们瑟瑟发抖地在操场上跑,哪个跑得乱了脚步,吉野便会大声呵斥,照小腿肚子上踢一马靴,那个学生就会摔在地上,手脸挂花。

田校长实在看不下去,不到万不得已,他不想跟吉野对着干。

田校长过来制止吉野，吉野显然听不进任何人的劝阻，何况田校长是个中国人。韩先生也赶来劝，吉野对田校长和韩先生破口大骂：吃着天皇的粮，纵容学生对天皇不忠。

骂了几句，吉野忽然喊了停，扫了一眼跑步的学生，大声喊："大个子哪儿去了？"

"大个子，哪个大个子？"田校长在打马虎眼，他知道吉野找的是陈铁血。陈铁血趁乱从队伍后面溜了。

"你知道我说的大个子是谁，他是你的学生，你不把他找出来，谁也不能回教室，通通冻死。"

中国人做校长只是一个名位，一点实权也没有。双羊镇小学还好些，田校长堂兄在"锦州省"教育厅做参事。他本可以去县教育局做局长，但他不想给日本人卖命，只想做一校之长，多教出几个有用之才。有堂兄在上边得势，日本人会给他一些面子。在别的学校，别说打学生，日本人连教员都打。可"满洲国"是日本人的傀儡政府，溥仪在日本人跟前都是孙子，何况一个教育厅参事。田校长只能在大事上挺挺腰板，小事也只能委曲着。

"我委屈点，我的老师和学生就能体面点。"田校长常这样跟韩先生说。

日本人以"反满抗日"的罪名，屠杀了无数教育人士，韩先生是那波大屠杀的幸存者。起因是他在板城小学得罪了一个日本教员，被山口督学转勤到了双羊镇。韩先生自己说是发配——跟板城小学比，双羊镇小学又破又小。这个山口是锦县、柳城和板城三县的督学，三县的教育局局长是三头磨道里的驴，听山口督学一个人吆喝。

田校长不能为了护一个陈铁血，让这么多学生冻出病来。可陈铁血一现身，独自面对吉野又凶多吉少。田校长稳着吉野，韩先生去找陈铁血。这时陈铁血捂着肚子从茅房出来，脸部很夸张地扭曲着。陈铁血脾气倔吧，人也鬼精，他没少用鬼主意骗原田。

吉野看见了陈铁血，韩先生想遮掩也不能了，他故意高声喊："陈铁血，你捂肚子干什么？"听韩先生这样问他，陈铁血也顺着说："韩先生，我肚子拧肠刮肚地疼，去茅房拉稀。"韩先生说："拉稀是坏了肚子，快回家去焐肚子。"吉野大声喊："就是他溜掉了，抓回来那个大个子。"田校长忙赔笑圆场："吉野先生，这个学生没有溜掉，他去茅房拉稀。"吉野指着田校长鼻子："你不要帮着他躲避惩罚，死啦死啦地。"韩先生暗示陈铁血："陈铁血，快给吉野先生道歉，说你肚子疼。"

陈铁血走到茂生的被褥前，突然扑倒在被褥上翻滚，大声喊肚子疼。吉野看得出他在演戏，大声叫嚷要他站起来。陈铁血只顾爹一声娘一声地喊疼。

吉野空洞洞的瞎眼窝都狰狞了，手按着腰刀柄，看得清手背上的青色血管。这可不是闹着玩的，田校长抓住吉野握战刀的手。吉野像发了疯的狼狗，将田校长搡了个屁股蹲儿，顺势抽出了战刀,劈向了陈铁血。

学生发出一片尖叫声。原田有一把战刀,不过他都是用刀背砍人,而吉野是刃子向下劈,正砍在陈铁血后背上,陈铁血疼得啊呀啊呀叫起来。原来吉野的腰刀不是钢刀,是一把木刀。吉野不是军官,没资格佩战刀,他自己仿造了一把木刀。

吉野又砍了第二刀,木刀不能致命,可一顿乱砍也招架不住。田校长架住吉野胳膊,吉野呜里哇啦向田校长脸上喷唾沫。田校长豁了出去,向冻得发抖的学生喊:"还等什么,穿了衣服回去上课,要冻成冰球吗?"

学生们得了救,手忙脚乱找衣裳,操场上的破衣烂衫乱七八糟。吉野从喊叫学生变成喊叫田校长。田校长坦然面对发疯的吉野,他说:"他们是我的学生,不是你的士兵,你再这么胡闹下去,我要去大久队长面前告你的状。"

田校长管不住吉野,但大久队长镇得住他。吉野热得发烫的脑袋冷下来一些。大久是县上宪兵队队长,各学校日本主事都归大久管。他知道田校长告也告不赢,可他刚到双羊镇小学,校长便来告,大久队长会厌烦他。吉野一心想回到战场上去,大久厌烦他就不会为他说话。

吉野暗暗咬着后槽牙说:"你的学生大大地坏,这么下去会闹出乱子来,大久队长不会轻饶了你。"

田校长梗着脖子说:"这里是学校,不是宪兵队,出了事也是山口督学处罚我，不干大久队长的事。"

学生乱糟糟地穿衣服，有一些学生冻僵了。一些学生找不到衣服，在操场上冻得哭哭唧唧。韩先生将衣服团成一团，让几个高年级学生抱回屋去找。

茂生没敢走，他没有得到吉野的命令。风波因他而起，都怪娘给他带了一罐子炒豆面，没有这罐子炒豆面，同学们不会挨罚脱衣跑圈，陈铁血也不会挨木刀砍。茂生站在原地，双腿笔直，看见风吹起炒豆面和尘土，落在他的鞋面上。

吉野对茂生很满意，他说："你也回去吧，你的听话应该得到奖励。"

茂生像得了赦一般。被褥还在地上，棉花套子钻出来不老少。本来就是一床破被褥，这下更烂得没法看。再破还是要卷回去铺盖，可他不敢去卷被褥，担心吉野再次发神经。韩先生看出了茂生的为难，卷起被褥囫囵一团塞给茂生，说："还不快谢谢吉野先生。"

茂生回到教室，先进屋的学生还没缓过暖来，一片咬牙切齿咯咯打战的声音。茂生不敢看同学们，随便找个空座坐下，被卷还夹在胳肢窝下，头差点塞到桌子底下。

刚缓过来一些，校役陈喜安敲钟，全体学生去操场集合上朝会。

田校长从奉安库取出溥仪访日归来发表的《回銮训民诏书》。诏书盛在小木匣子里，学生们戏称小木匣子为小棺材，把校长取诏书说成抬棺材。这是田校长最以为耻辱但又不能不做的事。

田校长在领操台上宣读诏书，学生一句一句跟读。接着是东方遥拜，师生分别向东北和东南方向遥拜溥仪和日本天皇，行"最敬礼"，鞠躬成九十度。谁的敬礼没有达到直角，要挨老大老大的惩罚。

吉野在学生中间游走，看谁弯腰不够深，上去就是一木刀。陈铁血弯成虾米，小声念叨："东方要败，东方要败……"吉野听见了嘀咕，独眼珵摸半天，也没找见说话的人。陈铁血弓腰很深，看上去虔诚无比，他没理由向陈铁血劈木刀。

每回朝会陈铁血都弯腰很深，同学说他遥拜最虔诚，陈铁血却说："你们知道什么，我弯腰撅腚，那是在看天。"他撅了屁股，让同学看他的裤子，屁股上破了一个洞。同学嘻嘻哈哈笑起来，有几个胆大的也学陈铁血，屁股上挖个洞，遥拜时屁股撅得很高。

吉野开始了他的训话，呜里哇啦说了一通，说的是日语。低年级没念过日语的听不懂，高年级日语不大好的也听不大懂，反正假装听懂就行。吉野讲得满脸通红，唾沫溅到了仁丹胡上，完好的那只眼珠鼓突，似乎要从瞪裂了的眼眶里掉出来。

吉野的演讲没人记住，但大家对这个独眼有了数——这是个比原田还凶残的家伙。还是韩先生看得准，真是走了一个小鬼来了个阎王。

朝会最后要用日语齐声感谢天皇陛下，高年级的学生们浑水摸鱼，陈铁血带头大着舌头说："天昏地暗没有大米吃……"

第二章

韩先生默许学生带一些"禁书",在私下里传着看。什么唐诗宋词啦,写民族英雄的小说啦。他也常把自己的书"遗忘"在教室里,学生偷着拿去看。他给学生当暗哨,躲过了原田的多次搜查。

原田经常在上课时搜查学生宿舍,学生上体育课又去搜查课桌。韩先生的小屋成了最好的藏书地。原田一直不死心,有几回把学生关进黑屋子,但没人承认看过"禁书"。

茂生不看,他只想安心学好课本。韩先生也从不给茂生看,嘱咐其他学生也不要给茂生,让茂生安心念书。茂生也被关起来过,韩先生担忧他会乱说,结果原田问了很久,他只说自己没看过,同学的事他不知道。

茂生所有功课都是最好的,小学毕业准能考上好学校。韩先生打心眼里喜欢他,没有因为茂生听日本人话,便对茂生另眼相待。

韩先生最担忧的学生是陈铁血。陈铁血嚷嚷敲原田脑壳,不久就传到了原田耳朵里,好在还没找到置陈铁血于死地的碴儿,原田便被征召走了。韩先生刚松了一口气,哪知又派来个魔鬼吉野。他要跟田校长思谋思谋,怎样对付这个凶残的敌人,不然双羊镇的学生每天都会生活在噩梦中。

吉野来校长室问"大个子"的底细。田校长说他叫陈铁血,父母双亡,跟爷爷生活,平时住校,周末回家。吉野听说叫陈铁血,立马说:"他怎么叫这个名字?"

"他爹给取的,土得掉渣。"

"陈可以,铁血不行,这个名字对大日本帝国太不吉利,他对大日本帝国很不满。"

"吉野先生,我看不出陈铁血这个名字不吉利。"

吉野独眼转了又转,伸出右手握着拳头晃了晃。田校长以为他在挥拳,过了一会儿才明白,吉野在挥动手指,只不过那根食指断掉了。

"田校长,你去把那个陈铁血开除掉,不要再让他出现在校园里。不,应该抓起来,这个陈铁血用不了多久,也会跑到山里去当马胡子,与我们大日本皇军作战。"

鬼子将山里的抗日武装通通称为"马胡子"。

田校长一大早对吉野就忍无可忍了,但他告诫自己还是要忍一忍,惹毛了吉野,学校里不会有一个人有好日子过。

"吉野先生,我们不能随便开除一个学生,山口督学来视察时说过，随便开除学生是不对的。陈铁血的名字叫了好多年，他十三岁，就叫了十三年，山口督学都没说陈铁血名字不吉利。"

吉野听田校长说起山口督学，耸耸小鼻子，翘翘仁丹胡，没想起哪个是山口督学。日本军人向来看不起只会耍嘴的文官，他以为山口顶多出身于一所日本普通大学。

"吉野先生，从早晨到现在，学校里发生的一切事件，会让双羊镇人以为吉野先生很不友好，传到大久队长那里他会很生气。"

"田校长，不友好的不是我，是山里面的马胡子，就是他们的那个什么铁血营，让我失去了右眼。"

田校长对吉野厌烦透顶，但只能在心里骂："抗联的铁血营，咋不一枪打死你，省得你来祸害人。"

"田校长，不开除这个陈铁血，他就必须改名字。这名字听上去就是个'思想犯'，他应该被抓去小岛君的宪兵小队。"

"吉野先生，你的要求我不能赞同。"

"不需要你赞同，你只要执行我的命令。"

"我是学校的校长，你没权力命令我。"

吉野完全没有想到，田校长敢这么一字一板地跟他说话。他盯着田校长说："你也是个'思想犯'，还是学校里'思想犯'的头头儿。"

日本人可以随便说谁是"思想犯"，不需要证据甚至不需要审问。吉野给田校长扣了一顶"思想犯"的帽子，他知道哪根稻草能压死骆驼。原田也拿"思想犯"罪名吓唬过田校长,田校长倒是不怕被抓去,只是怕换了个汉奸当校长,双羊镇小学就彻底成了日本学校。

下了课韩先生来找田校长,他在门外听了个囫囵半片儿。见田校长跟吉野顶了牛儿,赶紧敲门进了校长室,假意找田校长请教算术题。田校长看见了韩先生,心稍微放松下来一点,两人应付吉野要好得多。

"吉野先生,陈铁血是顽皮些,可原田先生没少夸他。"韩先生搬出了原田。原田被征召走了,吉野无处求证真假,也没法说什么。

"原田君信得过,但你的话我信不过。"

"吉野先生,我打包票,原田先生没少夸陈铁血。陈铁血是个劳动能手,学校菜地都是他带头干活,种出的菜原田先生说好吃,还要给陈铁血发一张奖状。现在看来奖状要吉野先生来发了。"田校长用话唬吉野,和韩先生说相声一样,将原田夸陈铁血说得有鼻子有眼。

吉野半信半疑,不再坚持抓陈铁血去宪兵小队,但要陈铁血改名字。

"叫'铁血'的都坏得很。"

田韩二人暗笑,吉野让"铁血"两个字吓怕了。他们互相递了个眼色,看来不答应改名字,吉野不会放过陈铁血。田校长说:

"吉野先生，让他改个名字，不叫陈铁血就是。"韩先生也说："我去找陈铁血改名字，不劳吉野先生挂心了。"

田韩二人的恭敬，吉野很受用，独眼眯缝一下，又缓缓张开，放出光芒，嘴角微微一乐。

"腰细。"

菜地在学校东北角。日本人禁止说"东北"，带这俩字就是犯罪。问菜园在哪儿，要说在"北东角"。韩先生的宿舍也在"北东角"，挨着菜地。原来是间杂物棚，校役帮着收拾出来，请了泥瓦匠修补了墙面、屋顶，请木匠安了门窗。新抹的黄泥很显眼，韩先生给小屋取名黄泥斋，还刻了块木匾挂在屋檐下，风一吹哐啷哐啷响。

韩先生叫陈铁血来黄泥斋，先撩开陈铁血的后背，看看伤势轻重。陈铁血把韩先生当亲人，先生看过后他心中顿觉委屈。

"陈铁血，不能光会来硬的，得多动动脑筋，好汉不吃眼前亏。"

"先生，这个吉野，早晚敲碎他脑壳，原田的账也一并算到他头上。"

"日本人欠咱老鼻子的账了，眼下你胳膊腿嫩着细着，等胳膊腿长壮了，新账旧账一起算也不迟。用说书人的话讲，这叫从长计议。"

"吉野比原田还坏。"

"他盯上你了,要你改名字,不能叫陈铁血。"

"我就叫陈铁血,大不了不念书。"

"我和田校长跟吉野交涉了半天,可他认准了这个事。他瞎掉的眼睛是让抗联铁血营打瞎的,心里落下阴影了。你不改名他不会放过你,你不念书,你爷供你上学这几年的钱就白花了。"

"陈铁血这名字是'九一八'以后,我爹给我改的,我改了对不住我爹。"

"铁血,没要你真改名字,你还叫陈铁血,表面上改个名字,糊弄一下吉野。"

"先生,这书念与不念也没啥,汉字没学几个,'驴子话'倒是说得贼溜。先生不来这里教书,我早不上学了,'驴子话'叽里呱啦早说够了。"

"学'驴子话'是糊弄鬼子。铁血,改名字前你叫啥?"

"陈智仁,智谋的智,仁德的仁。"

"讲真话,陈智仁比陈铁血好。"

"先生,我也知道陈智仁好,可我更想叫陈铁血。"

"你爹给你取名智仁,他要你多生智慧,遇事动脑筋,不可瞎用蛮力。"

"先生,我信你的,叫回智仁,不管咋说智仁也是爹取的。"

"你不要说智仁是你爹取的,吉野本来就怀疑你叫铁血有来由。田校长说你叫陈铁血十三年了,谁问都说智仁是先生刚给你取的。"

"先生，我懂了。"

韩先生先去找了田校长，讲了陈铁血叫回陈智仁。田校长松了一口气，他们一起去找吉野。吉野听了，仁丹胡撅了三撅，满意地点头，向韩先生说："这就对了。"

田韩二人要走，吉野喊住他们："田校长，听你说陈智仁种菜是把好手，原田君还夸他种得好。眼看天气暖了，还要他种菜地，不过只种番茄。"

"番茄？"田校长一时蒙住，不知番茄为何物。他看看韩先生，韩先生也一头雾水。这番茄是个啥？

"番茄是天下美味，红溜溜大番茄，好吃也好看。学校那块菜地我看过了，全种上番茄，也不要再叫菜地，叫番茄园。"

"吉野先生说的番茄，是洋柿子吧？"韩先生提醒田校长。一说洋柿子，田校长也知道什么是番茄了。

"什么洋柿子？你们什么都要加上'洋'，以后不准说洋柿子，要说番茄。番茄最好吃了，什么美味也比不上番茄，就让陈智仁种番茄，一片菜地全种番茄。我爱吃番茄，大久队长也爱吃番茄。陈智仁种好番茄，我会给他发一张奖状。"

吉野认准了种番茄，菜地只能是番茄园了。吉野说番茄的事，韩先生忽然想起个主意来，可以答应将菜地改成番茄园，说："田校长，吉野先生和大久队长都爱番茄，我们就种一片柿子地。"

"不是柿子地,是番茄园。"

"哦,该死,是番茄园。陈智仁一个人种不过来,我请求带着班上的学生,一起给吉野先生种番茄。人多好干活,管保种出又大又红的番茄。"

"这个主意好,种番茄就交给你和你的学生们了。"吉野转而看田校长,"田校长,你该学学韩先生,不能只想着袒护你的学生。"

田校长不知韩先生葫芦里卖哪味药,竟然乐颠颠给吉野种番茄,一改往日对日本人厌恶透顶的样子。他以商量开垦番茄地为由,把韩先生请到了校长室。

韩先生没喊校长,换了亲切的称呼,说:"老兄,我知道你心里起疑。你也看出来了,吉野铁了心要种番茄。他要种,是你能扳动他的脖颈,还是我能扳动?不就是一块菜地吗,犯不着为这点事顶牛儿。你说得好,小事少计较,大事不糊涂。这头东洋驴子盯上了陈铁血,陈铁血一个人种,吉野随便就能找他的碴儿,躲得过初一躲不过十五,早晚要让吉野给祸害死。一个班种番茄,几十个人的事,吉野没法只盯着陈铁血一个人。"

"菜地可以种番茄,爱种他自己种去,我们的学生不是农夫。"田校长还在气头上。

"老兄,这才不到半天,可你我都看得出来,吉野不是原田,这是条疯狗,狗疯了乱咬人,咱手上还没有打狗棍,先别让狗龇牙儿。"

"韩先生用心良苦，我没你想得这么周全。"

"老兄，你是当局者迷，往回想想，菜地种菜又怎样？原田还不是一棵一棵菜拔去，给镇上鬼子宪兵们吃了？哪个也没领情道谢。种菜跟种番茄没啥两样，都是咱种菜他吃菜，种啥都是一码事。原田不允许学生随便进菜地，怕在菜地开小会儿，这下吉野要我带学生给他种番茄，你想想，我和学生能堂而皇之地待在柿子地。你再想想，除了种柿子，还有好多事能干。"

田校长会意了，与韩先生相视一笑，说："吉野这条疯狗再凶，也精不过你这只老猴子。韩先生种的番茄，吉野没那么好吃。"

"老兄，那不是吉野的番茄园，是我们的柿子地。"

田校长抓住韩先生的胳膊，难掩激动地说："没错，我们的柿子地。"

第三章

　　韩先生站在讲台上，满面堆笑地宣布："学校的菜地不种菜了，从今年春天起种番茄，因为我们的吉野先生爱吃番茄，大久队长也爱吃番茄，种好了吉野先生会发一张大奖状。"

　　学生们不知道先生今天怎么了，竟然把给吉野种番茄说得脸红眼亮，给日本人种番茄有啥高兴的呀？学生们的注意力在韩先生身上，而韩先生警惕得很，他知道吉野正躲在屋角偷听，这些话是他故意说给吉野听的。斜对面是校长室，窗玻璃上挂着一只葫芦水瓢，瓢肚子向外，表示屋角有人偷听，这是田韩二人的暗号，原来是为对付原田的。

　　吕广大小声说："先生，啥是番茄呀？"

　　吕广大的疑问，也是很多学生的疑问。他们没听过番茄，更不用说吃过番茄。韩先生高声说："番茄这个名字听起来耳生是吧？可番茄你们不会眼生，番茄就是洋柿子，也就是我们说的柿子。红溜溜的发亮，一咬一嘴红汁水，又酸又甜。你们大多数还没吃过吧？你们不用馋，馋也吃不到，不过种好了番茄，还是能看个够的。吉野先生说了，以后谁也不能叫柿子和洋柿子，要说番茄。番茄知道吗？听起来就好吃。"

韩先生当堂布置镇上的走读生明天带劳动工具来，铁锹、镐头、板锄、抬筐都要带。明天上午给菜地清除枯草，翻地打垄，好给吉野先生种番茄。学生不解，但也不敢问。看来吉野太凶，连韩先生也怕了。

下课在操场上遇见吉野，韩先生说："吉野先生，明天我带着学生们整地，天气暖了，种子一到，就能种番茄了。"吉野独眼看人，有些歪脖子，脸上微微笑："韩先生大大的好人，过些日子我给你番茄种子。"韩先生忙接话："听说给吉野先生种番茄，学生们都乐坏了，比种菜还乐。"

吉野又说了那句让韩先生厌恶透顶的话："腰细。"

菜地前有块黑板，原来写周报和格言警句用。原田来了，将黑板改成了新闻宣传板，写关东军又攻占了哪些地盘、打了哪些胜仗，还有天皇诏书。田校长跟原田力争，将黑板一分为二，一半用日文写新闻，一半用汉语写格言警句。原田最后同意了，但只能写《论语》。据说日本尊孔，不知真假。后来原田又一分为三，三分之一黑板写《论语》。

茂生汉字、日文写得都好，每周一的午餐时间，茂生负责写揭示板，他被特许写完了再回去吃饭。写什么茂生做不得主，《论语》部分问韩先生或田校长,新闻栏这边去找原田——当然,现在是找吉野。

有了早晨的风波,茂生去见吉野很怵头,整个上午他都在心慌。第三节下课钟声敲响,茂生看着同学走向饭堂,自己默默走向吉野办公室。他敲门的手是麻的,吉野见是茂生,习惯性地露出凶相。茂生向吉野行礼:"吉野先生,我来请教您,揭示板上写什么。"

吉野翻了翻两只眼皮,独眼转了转,他说:"你去写'大日本帝国万岁,日满亲善,一德一心',写得要大,占满整块黑板。"茂生行了礼,但没有离开。吉野恼了,大声说:"你没有听见我说话吗?耳朵是不是聋了?"

茂生脑门上的汗水淌过眼皮,虫子爬一样痒痒,他又不敢去擦,眨眼都不敢。他说:"吉野先生,我没法写满整块黑板。"

"为什么?难道大日本帝国不配占满整块黑板吗?要不了多久,大日本帝国要占领整个大东亚,一块小小的黑板算什么!"

茂生不敢抬头看,听出吉野有些失去耐心,还有些气急败坏。茂生用比蚊子嗡嗡大不了多少的声音说:"吉野先生,黑板的三分之一要写《论语》。"

"什么《论语》?通通写'大日本帝国万岁',再啰唆我打断你的腿。"

茂生不敢再说下去,敬过礼后慌张离开。汗水糊满了脸,冷

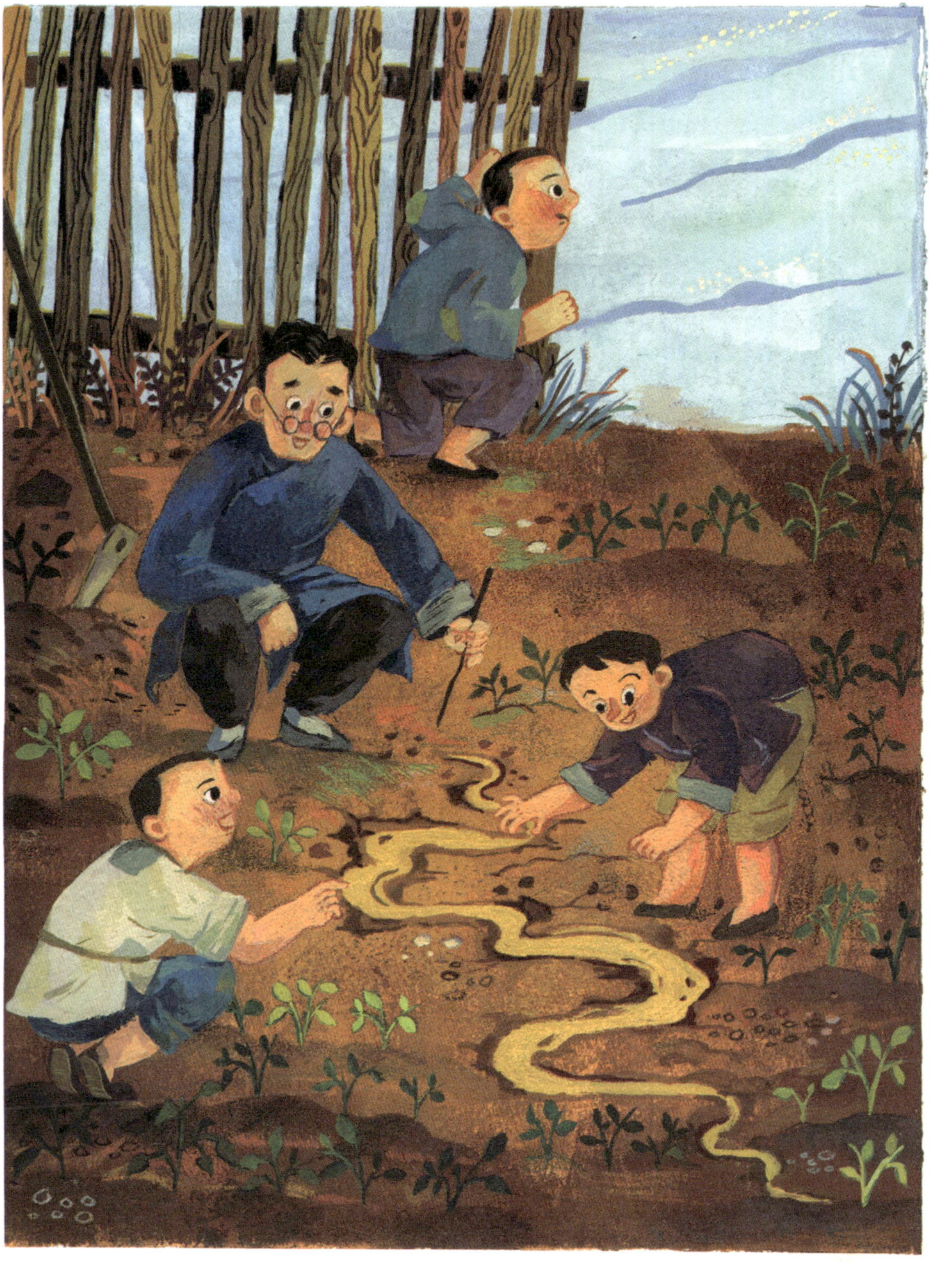

韩先生大清早进了柿子地，
土真肥啊，柿子苗长得壮，没一棵苗打蔫儿。
他在畦子中间挖了一条曲曲弯弯的水道，
在一头倒上水，水在水道里边渗边流。
他给浇水的陈铁血说："多像黄河。"

风吹过脸颊，一脸冰凉。除了茂生，操场上空无一人。他忐忑地走到揭示板前，瞄见吉野走去了饭堂。

上学期最后写的字还在，一个多月的风吹和霜雪，粉笔字看上去灰突突的。揭示板右侧写着"弟子入则孝，出则弟；谨而信，泛爱众，而亲仁。行有余力，则以学文"。

每次写《论语》，茂生都特用心。哪一笔写得力道差些，茂生就擦掉重写，每一笔都写得入木三分。一个月过去，《论语》里的句子还看得很清，日文抄写的新闻这边，字迹淡得不行。这个秘密只有茂生自己知道。

茂生如顺了吉野，整面黑板写"大日本帝国万岁"，同学都会鄙视他。真逆着吉野来，挨一顿毒打事小，闹大了会被开除。茂生陷入了两难，不敢违逆日本人，也不想做田少康。

田少康的爹是田宝三，双羊镇公所主任，铁杆汉奸。为讨好原田，有一次喝多了，田宝三让田少康给原田做义子。原田也喝多了，给少康改了姓，田字前加了原，姓了原田。这样听起来，田少康更像原田的儿子。改姓是田宝三没想到的，他也不敢当面驳回，哭丧着一张笑脸。

田少康念四年级，仗着田宝三和原田，常欺侮同学。他打小学日语，却说得夹生，夹杂不少汉语，整天叽里呱啦，一口"协和话"。他动不动拿原田吓唬人，还常去原田那儿告密。学生们不敢惹他，背后都叫他小汉奸。

茂生用湿抹布擦净黑板，擦《论语》时念一个字擦一个字。他想磨蹭磨蹭，一张黑板还是很快擦净了。吉野不知是吃得快，还是没有吃饭，他从饭堂走了出来，见茂生在犹豫，便向黑板这边走过来。

茂生心跟猫挠一般，越慌乱越不知如何下笔。吉野远远地问："你为什么站着不写？"吉野走到黑板前，头向一侧偏着，独眼盯着茂生："你不想写？"

茂生没来得及解释，先听到了一个响亮的耳光。直到半边脸像着了火一样疼，茂生才回过神来——这记耳光打在了自己脸上。茂生站得更直，紧张和疼痛让他的牙咯咯作响。他说："吉野先生，我在想怎样写得大方又漂亮。"

吉野又微微笑："你要把'大日本帝国万岁'写得大气又好看，配得上大日本帝国的气派。"

"是，吉野先生。"

田校长也脚前脚后出了饭堂，他发现吉野奔黑板来了，不由得替茂生担心。紧接着吉野扇了茂生嘴巴，田校长又气又恨，他最见不得日本人打学生。他快步走过来问吉野，是不是茂生又惹祸了。

"我让他写'大日本帝国万岁'，写一整块黑板，他站在这里不肯下笔。"

田校长知道茂生为啥站着不动了，他不想整块黑板写"大日本帝国万岁"。黑板留出三分之一写《论语》，是他跟原田争下来的，不能吉野来了，这块仅剩的"余地"被挤掉。田校长很清醒，跟吉野的前几次交锋不能输，输了今后吉野便要为所欲为了。

"吉野先生，三分之一写《论语》，这是一直的规矩。"

"规矩要破一破，今后不写《论语》了。"

"我不同意你这么干。"

"你难道反对写'大日本帝国万岁'？"

"吉野先生，我只是坚持老规矩，三分之一是留给孔圣人的，这是山口督学批准的。"

田校长打定了主意，非要扳扳吉野脖颈不可，绝不能叫他拿住。跟日本人打了几年交道，他知道日本也拜孔圣人。这一说果然奏效，吉野嘴上开始松动。

"该死，我忘了《论语》是'圣人语'。"吉野转而板起脸孔对茂生说，"你听到没有，留下三分之一写'圣人语'，余下的三分之二要占满。"

吉野没有看茂生写板报，一个人走进了菜地。吉野变脸这么快田校长也是没想到，猜不透这个独眼在想什么。

茂生还站着没下笔，田校长说："茂生，今天的《论语》写'子曰：人而不仁，如礼何？人而不仁，如乐何？'其余的听吉野先生的。"茂生看上去还是不知所措，半边脸上是个红巴掌印。田校长冲他一笑："茂生，你的粉笔字写得越发好了。"茂生低着头说："韩先生教的，先生的字才是真好。"

写完板报没时间吃饭,茂生饿了一下午。同学们都说茂生这字比放假前又好了。茂生脸上热热的,不知说哪边的字好,汉字还是日文。

学生宿舍有两间。一舍一铺炕,睡二十人,舍长是茂生。二舍与黄泥斋相邻,南北对着两铺炕,能睡三十人,陈铁血是舍长。舍监原来是原田,吉野来了自然接任舍监。

以前原田查过房后,小胖子崔宝义耳尖,半边脸贴着窗台当暗哨,陈铁血给大伙说一段书。每个周末回家,陈铁血跟他爷学几段书,睡前说一段给同学解解闷儿。

评书这玩意儿,听一段还想听,这是说书人的本事。假前最后一晚,陈铁血说的是《戚家军平倭记》。正说到倭寇八百人进攻龙山,明军一触即溃,陈铁血不讲了,书收呼噜起。同学们听得抓心挠肝,大败后必是戚继光出马了,但陈铁血不说出来,猜终归是猜,不过瘾。崔宝义推醒陈铁血,要他接着讲。陈铁血一点没商量,他说:"想听下一段,开学回来再讲。"

同学们一个寒假都惦记着戚继光如何出场,如何威武大败倭寇。可这开学头一个晚上,还没睡觉陈铁血便说了,今晚早睡不说书。同学们不干,非要陈铁血说,等了一个寒假,始终为龙山的明军提溜着心。崔宝义说:"陈铁血,你别卖关子端架子,你不说别想睡觉,看我不挠你脚心。"同学们跟着起哄,陈铁血压低声音说:"不是我不想说,韩先生嘱咐不让说,吉野没有原田好糊弄,开学这几天都要安生睡觉,别让吉野抓到小辫子。"

一舍同学也想听陈铁血说书,宿舍隔一道土坯墙,夜深人静,这边说书隔壁也听得见。他们不知今晚不说书,吉野查过寝后,一舍同学不说话,掐胳膊拧腿不让自己睡觉,等着陈铁血让戚继光登场。挨着墙睡的同学不耐烦,提起拳头砸了两下墙,泥皮震得簌簌落。陈铁血知道这砸墙声是在催他,他也砸了两下墙,趴在土坯缝隙那儿说:"睡吧,今晚不说书,吉野还会回来。"

过了没多大会儿,屋檐下有了脚步声,吉野果真又来偷查。陈铁血故意打起了呼噜,这是暗号,大炕上此起彼伏响起了呼噜声。

第二天韩先生带着学生整地,一个六年级学生来传话,田校长喊他去校长室。田校长一般不会派学生来喊,八成又是吉野起幺蛾子。

吉野果然在,看上去像刚刚争吵过。吉野先开口:"韩先生,听说你带着学生在整地,这很好,我会向大久队长汇报你的忠心,不过你的黄泥斋要改一个名字。"

这个吉野盯上了"黄泥斋",不知这仨字哪儿犯着他了。韩先生说:"吉野先生,'黄泥斋'是随口叫出来的,不必较真儿。"

"我不管是用心取的,还是随口叫出来的,凡是宿舍都要改叫'寮',学生宿舍不能再叫'一舍''二舍',又不是鸭棚,要叫'寮',我是寮监。你的黄泥斋改叫'黄泥寮'。"

黄泥斋是临时居所而已,名字也是随意叫出来的。可吉野要改成日本人惯用的"寮",这就不是一字之差的事,这是他韩先生的尊严。

"吉野先生,我的房间不是宿舍,是我的书房,你是主事,你想将宿舍改叫'寮',我无权干涉。但'黄泥斋'是我的书房斋号,你无权改。"

"韩先生,我希望你能识时务些,不改叫'寮',你就不要教书了。"

"我可以不教书,但黄泥斋不能叫'黄泥寮'。"

田校长怕韩先生吃亏,他说:"吉野先生,学生宿舍听你的,改叫'寮'。韩先生的书房还叫'黄泥斋',我们应该尊重教员本人的意愿。韩先生没有犯错,我们不能随便开除教员。"

田校长话说得声不高,但字字都像钉子。吉野见田韩二人拧成了一股绳,有牢不可破的架势。学生宿舍已改叫"寮"了,他也退了一步。

学生宿舍挂了新牌子,一舍叫"一德寮",二舍叫"一心寮"。睡觉前陈铁血说:"这下我们能随便说话了。"级长张执一说:"为啥?"陈铁血嘻嘻一笑:"我们叫一心寮,挨着黄泥斋,合起来便是'聊斋',聊斋聊斋,不就是唠嗑说闲话吗!"崔宝义打了一下陈铁血的脖颈子说:"还真有你的,这下能可劲听你说书了。"张执一望了望窗外,没看见吉野的影子,他说:"还是快些躺下吧,一会儿吉野要来查寝了,韩先生说了,吉野像狼又像狐狸,要打起十二分精神跟他作战。"

第四章

宿舍改叫"寮"只是吉野疯狂的开始,他又要求学生日常说日语,不准再说"满语"。"九一八"后,日本人将汉语改称"满语",后来又将"国语"二字,印在了学生的日文课本封面上。

田校长据理力争,完全说日语办不到,既是"日满一家",就得允许说"满语"。吉野根本不听这些,他制定了惩罚规定。学生之间相互监督举报,哪个不说日语,脖子上挂木牌。抓不到新的学生,木牌一直挂下去,挂一天交一筐牲口粪,用作番茄园的肥料。

"这个规定是不可更改的,你尽可以去山口督学那儿告我的状,我想山口督学也会赞同我这么做。"田校长说。

去找山口督学告状是吓唬吉野,田校长真去找山口告日本人的状,准会碰一鼻子灰不说,他这个校长怕也不保。田校长只得退一步,说:"吉野先生,高年级也不是都能用日语说话,低年级更不用说,让他们完全说日语很难做到,这样下去学生会走光,留下来的也会成为'哑巴'。"

"说每句话至少要有一个日语词，否则就要受到惩罚。我已经让步了，请不要再说下去。课程表要增加日语课，低年级先学一些常用语，比如吃饭、睡觉、喝水、上茅房、老师好、上课、下课，半年后所有学生都要说日语。"吉野说得不耐烦，脸上的一条疤痕肿胀得像条蚯蚓。

"文教部"刚发布了《关于在学校教育上彻底普及日本语之件》的第26号训令，很快会在所有中小学校施行。田校长没再说下去，跟吉野争不争学校很快也会普及日语课。

"吉野先生，低年级的日常用语谁来教？我们的日语老师教不过来。"

"我想我可以教他们。"

田校长心咯噔咯噔两下子，小孩子哪受得了这个凶神，忙说："不劳吉野先生，我从高年级选出几个学生做小先生，让他们去教低年级学生日语，小先生的日语也会说得更好。"

"这个主意大大地好，山口督学知道了，会给田校长发大大的奖状。小先生不能少了那个孙茂生，他是个听话的孩子，日语说得棒极了。"

全校师生在操场列队听吉野训话。吉野提着一块刻着骷髅的木牌，在台上比比画画又叽里呱啦。田校长在一边翻译，学生们听了都惶惶起来。吉野自封学监，监督学生学习日语。教员也要说日语，不说日语扣发工资，不改者辞退。

吉野提着骷髅木牌在学校里走，独眼睁得贼大，两只耳朵恨不得再长一点，竖起来监听学生说话。学校变得极其安静，课堂上老师讲得不能再少，学生更是一言不发，他们用沉默表达对吉野的抗议。

吉野发现了一个小男孩，整天小嘴不停地哇啦哇啦，一口"夹生"的日本话。吉野向美术教员秦秋农打听，才知是原田的义子，镇公所主任田宝三的儿子田少康。

吉野推行日语惩罚令，最兴奋的是田少康。"学好日本话，就把洋刀挎。"他平时把这话挂在嘴边，唱山歌似的到处说，同学们都反感他。这下好了，所有人都要说日语了。过了一两天他开始丧气，同学们都不想说日本话。他在操场上看见吉野，就一个人叨叨咕咕，想引起吉野对他的注意。吉野在办公室门前喊他，他屁颠颠地跑步过去，立正行礼问吉野先生好。

"说日语好不好？"

"好！"

"日语跟满语哪个好？"

"都好。"

吉野横眉立眼，脸有怒色，老大不愉快。田少康脑瓜子灵，他看在眼里，立马改口："日语好。"

吉野满意地点头，摸出一块奶糖给田少康。田少康犹豫要不要拿奶糖,吉野剥了糖纸,塞到了他嘴巴里。田少康这才放下心来,他感受到了吉野的善意。

"吉野先生,我爹说要请你去做客。"

"你父亲大大地好,有空我登门拜访他。"

听吉野说拜访,田少康懂这话的分量。看来吉野也知田家在镇上的威风,也想结交田家。田少康半张着嘴巴,慢慢呼气,奶糖的甜香味又慢慢吸进鼻子。奶糖可真香啊。

"吉野先生,我爹跟原田先生是把兄弟。"

"什么是把兄弟?"

"就是结拜。"

"桃园三结义,刘关张?"

"那是《三国演义》的故事。"

"你看过《三国演义》?"

"我看过《三国演义》,真好看,曹操最坏。"

田少康说得兴起,有点忘了对面是吉野,但也忘了吉野不是原田。说完曹操,他发现吉野脸色不好了,还没想自己说错了什么,脸往前探了探,说:"吉野先生,哪里不舒服吗?"

话刚出口,田少康脸上便挨了一巴掌。吉野说:"你嘴上说日语好,背后却在看《三国演义》。"

田少康这才知道说漏了嘴,日本人不让看古典名著,什么《三国演义》《水浒传》《红楼梦》啦,唐诗宋词元曲啦,通通被列为

"禁书"。自打改名为原田少康,他还从没挨过日本人的打。吉野这一巴掌打得贼狠,田少康脸上热辣辣地烧,奶糖在嘴巴里化开,泅了一大口糖水,他也不敢下咽。

吉野打田少康,等于打田宝三,他当然知道这里的轻重。他就是想打田宝三的脸,让镇上人知道来了个吉野。田宝三跟小岛队长交情好,再打第二下,传到小岛队长那儿,面子上不好看。吉野没打第二下,他问:"书在哪儿?还有谁看过?"

田少康不敢说看过书,说起来他爹也看过。吉野倒不敢拿田宝三怎么样,可县上还有大久,大久队长田家惹不起。田少康转口说:"吉野先生,我没看过《三国演义》,是听的书。"

"听书?"

"听说书人说的评书,《三国演义》《水浒传》都说过,镇上很多人都听过。"

"哪儿来的说书人?"

"陈铁嘴,方圆百里都听他的书。"

"陈铁嘴是谁?"

"陈铁血的爷爷,不,现在叫陈智仁,陈铁嘴是陈智仁的爷爷。"

吉野又想起了陈铁血,个子高出别人一截的男孩。他没有马上去找陈铁血,而是让田少康站在操场上。田少康垂头丧气地站着,不一会儿腿瑟瑟抖起来。田少康有尿了,本来要去茅房撒尿，半路被吉野喊过来。这一吓，站着就尿了。田少康像受了奇耻大辱一般，他害怕同学围过来看到他尿湿了。

放学回家前，吉野告知田少康，明天上学还要罚站。田少康回家哭诉给了田宝三。田宝三骂过吉野，连夜去找人买了几个柿子，一大早送了过来。

过去田少康在学校那叫威风，原田义子，原田少爷，镇公所主任的儿子。镇上谁不怕田宝三？田少康走在校园里脸老扬着。在操场上挨了吉野一巴掌，脸有些没处放，想找回点脸面。

低年级同学见到高年级同学要敬礼，不敬礼或敬慢了，高年级同学可以打低年级同学，低年级同学不准还手。学生外衣领口缝着年级标牌，一眼便看得出年级高低。不过走在学校里，很少有学生会真的打人。

田少康故意找碴儿，一个低年级同学见了他，敬了举手礼，田少康说敬礼慢了，抬手打了小同学一个嘴巴。低年级同学委屈，又不敢哭，眼泪在眼圈里转。正巧陈铁血看在眼里，他气不过，本来看田少康就气不打一处来，他走过去伸手拦住了田少康。

"陈铁血，你拦我做什么？"

"我不干什么。"

田少康在学校威风惯了，但见到陈铁血却怵头，能不惹还是不惹。说来也纳闷儿，田少康谁都不怕，偏偏怕陈铁血。田少康又不能让陈铁血看出怕，便假装强横地说："你走开。"

"我不走开。"

"我去找吉野先生。"

陈铁血指指自己的衣领,又指指田少康的衣领,他说:"你知道我要干什么?"

田少康从未给别的同学敬礼,都是他伸手打别人,没人敢伸手打他。陈铁血指了指衣领,他一下子明白了,自己刚打了三年级小同学,陈铁血要用这招教训他。田少康四年级,陈铁血五年级,他理应给陈铁血敬礼。换成五年级、六年级别的同学,田少康眼皮都不会抬一下。陈铁血不同,他就是怕陈铁血。田少康抬手给陈铁血敬了礼,说:"我敬过了,你躲开。"

"你敬晚了。"

"我眼花了。"

"三年级小同学也眼花了,你不也打了?"

"不关你的事,我又没打你。"

"田少康,我应该狠狠抽你一个嘴巴,可我不打你。你下回再故意刁难小同学,我不会放过你。别的同学怕你,我不怕你。"

"你不怕我,可你怕我爹,你不敢打我。除了原田和吉野,双羊镇没人敢打我。"

"原田、吉野我都不怕,更不怕田宝三。我不打你,不是不敢打你,你仗势欺人,比谁都该打。但先生说过中国人不打中国人,你就算改姓原田了,我还是把你当中国人。我打你,就是中国人打中国人,所以我不打你。"

"哪个先生说的?你敢说吗?"

田少康的质问让陈铁血意识到说漏嘴了。在学校里不能提"中国""东北",韩先生说"中国人不打中国人",日本人拿到证据,扣上"反满抗日"的帽子,这罪名说多大有多大。

陈铁血心里明白,田少康怕他,他要先在气势上镇住田少康。

"田先生说的。"

"哪个田先生?你说呀,哪个田先生?"

陈铁血冒坏,说:"田宝三先生。"

"你诬蔑我爹,我去告诉吉野先生。"

"你去告诉吉野,我就去告诉大久,咬定了你爹说的。"

田少康气势上先输了,气呼呼走开。他没去告诉吉野,即便陈铁血不拿大久吓唬他,他也不会去告诉吉野。他说不清,自己就是怕陈铁血,见着陈铁血脑袋里就有蜜蜂嗡嗡乱飞。

木牌一块也没有挂出去,吉野动起了歪脑筋。木牌不能白做,他不信所有学生都成了哑巴,背后一定还在说话。高年级的几个小先生,每天自习课去教一、二、三年级小同学,写了常用语纸条随身带着,走到哪儿念到哪儿,每句话里都能带上一两个日语词,但他们都情愿当哑巴。

吉野去了茅房门口,马广升撒尿出来,正撞见吉野,慌乱中忙敬礼。吉野忽然用汉语问:"你叫什么?"广升听吉野说汉语,他也用汉语回答:"报告吉野先生,我叫马广升。"

吉野阴森森地笑了,劈手打了广升四个耳光,将骷髅木牌挂到了广升脖子上。

广升在火辣辣的疼痛中后悔不已,一不小心上了吉野的当。他浑身战栗着,木牌很重,坠得脖子挺不直,细绳直往皮肉里勒。吉野敲敲广升脖子上的木牌说:"你就站在茅房门口,直到抓到下一个,记得明天还要带一筐粪来。"

广升直挺挺地站在茅房门口,吓得同学们不敢去茅房,实在憋不住去茅房,也都低着头快步走过去。大家都恨吉野手段太阴损,用上了下三烂手段。田少康被罚站,田宝三能送柿子给吉野。可广升家穷得叮当响,哪里有柿子送?即便广升家凑得出钱,这个季节到哪儿去买柿子?广升他爹可不是田宝三。

广升站了三天,屎尿味闻得要吐。有些学生跑到教室后面去撒尿。田校长找吉野让广升回教室上课,下了课在操场上抓学生,不要站在茅房门口了。吉野摸着了田校长的脾气,对抗议置之不理。站到第三天放学,广升去茅房拉屎,将骷髅木牌丢进了茅坑。

第二天广升没来上学,同学捎信给田校长,说广升不念书了。田校长去找吉野:"再这样下去,双羊镇小学会没有学生了。"

吉野不关心学生人数,他翘了翘仁丹胡说:"那个马广升可恶,他把木牌丢在了茅坑里,别让我遇见他,否则我会让他把木牌生吞下去。"

田校长去了马广升家,想找广升回来上学。广升怕吉野报复,连夜去了姑姑家。广升爹娘不想广升再受吉野的气,本来供广升上学也是东挪西凑。广升姑父是个牲口贩子,广升识字,有胆子,又会打算盘,跟着他姑父去口外贩驴了。

吉野有十块骷髅木牌,脏了一块还有九块。吉野提着九块木牌走来走去,九个骷髅头在一起撞击,丁零哐啷响得瘆人。有了广升的教训,吉野再问什么,不会说日语的学生,只敬礼不说话。不说话只挨打,不用挂木牌,气得吉野哇哇大叫。

田校长在校门口拦住了吉野,他说:"我抓到了不说日语的人,我需要木牌。"吉野独眼露着贼光说:"太好了。"他递上一块木牌,田校长没接,说:"我需要九块木牌。"吉野以为抓到了九个学生,把剩下八块木牌也给了田校长。

田校长当着吉野的面,把木牌一块一块挂到自己脖子上。他笑着用汉语说:"吉野先生,这下你满意了吧?"

"田校长,你这是对我不满吗?"

"是的,不只我不满,我的教员和学生都不满,他们不敢说出来,我来替他们表达不满。"

"田校长,你这样说不怕我向山口督学汇报,惩罚你吗?"

"不用你去向山口督学报告,我挂着九块木牌去见山口先生,让他处罚我。我还要挂着九块木牌走过镇街,在县城正街也走上几个来回,让大家都见识一下吉野先生的杰作。"

田校长真挂着九块木牌去见山口,在县城大街上招摇过市,山口督学一定会找大久队长。这不是因为山口和大久比吉野良善,而是"日满亲善"表面文章还要做。吉野偏执而拙劣的表演,会让大久很难堪。这样一来吉野很可能会被送回日本,他对重返前线一直充满狂热。

吉野放弃了木牌惩罚令,但学日语说日语这事不能松。没了惩罚令,学生们背地里又说回了汉语。遇见吉野了,会日语的说日语应付,不会说日语的继续装哑巴。

吉野不想骷髅木牌白费,把它们挂在了办公室的门楣上。一阵风吹得九个骷髅头晃来晃去,好似群魔乱舞,看上去比吉野还吓人。田校长没再找吉野,吉野已退了一步,骷髅牌挂门上也不能多计较了。

陈铁血话多,睡前又嘚吧嘚:"猜个谜哈,吉野办公室的门,猜一个名字。"没人猜得出来,陈铁血提示:"吉野门上挂了啥?"崔宝义说:"木牌啊。"陈铁血又问:"木牌上刻了啥?"六年级学生胡凤山说:"谁看不出来?骷髅呀。"陈铁血又问:"骷髅是啥?"崔宝义说:"骷髅就是骷髅,还能是啥?"

陈铁血左看看右看看,没人答上来,他很是得意,诡秘地一笑,说:"骷髅是鬼啊,他办公室的门就是鬼门,进吉野办公室就是进鬼门关。"级长张执一说："吉野门上挂不挂骷髅木牌,都是鬼门。"陈铁血说："为啥？"张执一说："鬼子住的屋门可不就是鬼门吗！"

陈铁血嘴巴咝咝响,他说："张执一,还是你脑子灵。"张执一看了一眼吉野办公室方向,黑黢黢看不大清,他说："这个鬼子在鬼屋里,不知又在琢磨啥鬼主意呢？"听张执一如此说,大家都有些头皮发麻。陈铁血说："睡觉睡觉,管他呢,找敲脑壳。"

第五章

周一早上,吉野给了茂生一张地图,叫他上午不要上课了,把地图抄在看板上,一丝一毫不能差。吉野不光将宿舍改称"寮",饭堂也改叫了"饭寮",煮饭炒菜叫"料理",黑板要说"看板"。

茂生捧着地图小心地转身,吉野又喊住了他。茂生转过身来恭敬地听吉野训话。

"孙茂生,你是哪国人?"

茂生被吓了一跳,这个问题太突然,他很响地咽了口水。

"'满洲国'人。"

"你心里想的是中国人。"

茂生心里确实想着中国人,每说一遍"满洲国"人,他在心里都要念上十遍中国人,这样才心安一些。

"吉野先生,我没有那么想。"

"你们骗不了我,嘴上说是'满洲国'人,心里却说是中国人。"

"吉野先生,我是'满洲国'人。"

茂生哭了出来，他是怕才哭，看上去像是委屈了才哭。

"你要真心做'满洲国'人，就在看板上抄好这张图。"

茂生恭敬地行了礼，立正向后转，捧着地图走向看板。地图折叠着，他还没看见是怎样的地图，猜也知道不是什么好图。

日本是粉红色，"满洲国"竟也是粉红色，余下中国部分是黄色，中国周围都是绿色。日本人真是狼子野心，在地图上将中国东北绘成与日本一色，变相将"满洲国"与日本看成一个国家。

让自己抄这张日本人绘制的地图，吉野用心何其毒也，茂生再傻也看得出来。他不该抄这张地图，可又不敢不抄。这张地图上仿佛布满圪针刺，扎得茂生满手冒血。

茂生来教员室找秦秋农老师，学校的彩粉笔归秦老师保管。秦老师正在批改作业，她还兼着二年级的级任。秦老师问茂生不去上课，来找她做什么。

"吉野先生要我抄看板。"

"看板？哦，看板，不是中午才抄？"

"吉野先生要我抄地图，费时些，要我上午停课抄看板。"

"你不去抄地图，来找我干什么？你不会要我帮你去抄地图吧？"

"不是，我来拿彩粉笔。"

"什么地图？能让我看看吗？"

茂生将藏在身后的手拿过来，将地图展开给秦老师看。地图只有两块巴掌大，像是从一本书上撕下来的。秦老师看一眼脸色就变了，她看出了吉野的歹毒。

"田校长知道要抄这张地图吗？"

"他不知道。《论语》句子归田校长和韩先生管，另一半归吉野先生管。"茂生摇头。

"茂生，这张地图，你看得懂吗？"

茂生点头，又摇头，看上去惶惶不安。秦老师看出了茂生的慌乱，茂生那么聪明，不会看不出端倪。

"茂生，能让田校长先看看再抄吗？"

"秦老师，校长去开会了，他不在学校，上朝会校长就没在。"

秦老师一下子明白了，吉野真是又歹毒又狡猾，他赶在田校长不在学校的时候，让茂生抄这张日本人绘制的地图。地图抄上去，田校长回来，也没法再擦去。

"茂生，能等田校长回来再抄吗？"

"秦老师，吉野会打死我。"

秦老师看着茂生吓得要哭，既无奈又心疼。茂生一心想念好书，这没有什么错。说到底他还是个孩子，让他去对抗吉野太不公平了。在吉野面前，茂生还不如一只小蚂蚱。秦老师拉开抽屉，取出粉笔盒子说："茂生，快拿去抄吧。"

茂生愣了一会儿，挑了红、绿、黄三色粉笔，跟秦老师说了再见。茂生还没出教员室的门，秦老师又喊了一声茂生，茂生回头看着秦老师。秦老师也愣了一会儿没说话。

"秦老师,要没别的事我去抄看板了。"

"茂生,咱才是大国人。"

茂生轻轻点了点头,走出了教员室。茂生也奇怪,平日秦老师话很少,课堂之外几乎不说话。茂生要抄地图了,却跟他说了这么多。

茂生先将黑板上的白色界线描一遍,右边用来写《论语》,这周写什么还没问韩先生。

茂生不知该先画地图的哪一部分,红色还是黄色?吉野不会太在意绿色部分,黄色那部分也不会太在意,粉红色才是吉野盯着不放的。

茂生决定先画黄色部分。先画了线条轮廓,再用黄色粉笔一下一下涂满。粉笔末贴着黑板落在地上,落成一条黄色粉末线。

茂生画起了曲曲弯弯的黄河,韩先生说黄河九道弯,九曲黄河天上来,一直从"青海"画到入海口。茂生小心走笔,生怕画得不像黄河。他在黄河流经之地抄写下地名——青海、宁夏……

一条直角波浪线弯折在地图上,有时与黄河交叉,没有标注什么。茂生握着粉笔想了又想,应该是长城。

在最南面有一条河流,标注着扬子江。韩先生说扬子江就是长江。茂生画好了长江,又标注了几个大城市,黄色部分就画好了。

茂生画了"满洲国"的轮廓,又画了日本轮廓。他藏了个心眼，故意将日本画小了一号。涂色时他又动起了心思，先涂完日本，涂"满洲国"时手劲放轻，粉红色还是粉红色，比日本那片红要淡。

地图上"大日本"三个字，字距拉得很长，写在蓝色海洋里。茂生忘记了拿蓝色粉笔，又回去找秦老师拿。秦老师不在教员室了，粉笔盒还在桌子上放着，他拿了一根蓝色粉笔溜出了教员室。

茂生将右下方全部涂蓝，然后看着日本，在心里说："一条烂带鱼。"他极不情愿地在烂带鱼边上写下"大日本"。

"就是这条烂带鱼，搅了一锅腥。"

茂生又修修补补，红、绿、黄、蓝四色线条描清晰，仔细看与纸上地图画得丝毫不差。动的手脚只有他自己知道，左看右看也挑不出毛病。

去教员室还粉笔时，秦老师回来了。茂生将粉笔头放进粉笔盒，他没敢看秦老师。走出教员室后，茂生斜着目光看黑板，心中说："我知道那两片红色不一样。"

茂生抓了沙土擦净粉笔灰，又在心里恨恨地说："小日本。"

茂生去还地图，吉野办公室的门没关。茂生敲了两下门框，赶巧一阵风刮得骷髅木牌一串响，猛抬头九个骷髅在狰狞地看他，吓得茂生出了一脑门子汗。

茂生得到允许进了办公室，敬礼过后双手捧着地图，恭敬地交给吉野。吉野笑眯眯地站起来，手心有块奶糖："茂生，这是奖给你的奶糖。"

茂生不敢接奶糖，田少康就是吃了奶糖后，挨了吉野的耳光，还罚站到放学。他接受不是，不接受也不是。吉野眯缝着独眼，将奶糖塞到茂生衣袋里。

"茂生，你再优秀一点，我会向山口督学推荐你，让你去奉天满铁学校上学。你念得好了，还能去东京都大学。"

"吉野先生，我没有那么优秀。"

"茂生，你要让自己变得更优秀，以后学校里谁不安分，你都要来报告我。什么是'一德一心'？谁不安分了，你来报告我，就是'一德一心'。"

"是，吉野先生。"

茂生离开吉野办公室才想起，吉野喊他茂生，没有喊孙茂生。回到教室茂生坐立不安，吉野说向山口推荐他去奉天满铁学校，那所学校可不是谁都能去的；满铁学校念好了，还能去日本东京都大学，这简直是天大的诱惑。

韩先生以为茂生因为画了地图心神不宁，他不知吉野跟茂生的对话。下课后韩先生留下了茂生，要跟茂生说几句话。他不会跟茂生说画地图的事，茂生不去画，也会有别人去画，这不能怪茂生。

"茂生，被褥破了，你一直没敢拿回家，中午你拿去我那里，我替你缝一缝。"

"先生,上个周末我背回了孙家湾,让我娘缝过了。"

"茂生,你的字有长进,还要多临帖,颜鲁公对你的字有帮助。每天晚饭后,你可以去我那儿临一会儿帖,我有笔墨纸砚。"

"先生,我付不起纸墨钱。"

"茂生,那点纸墨钱,先生还是有的,你的字长进了先生也高兴。"

韩先生并非想说临帖,他在教室里公开和茂生说话,是不想让同学因茂生画了地图歧视他。孙茂生不画,李茂生、王茂生也会画。韩先生离开教室前,又对茂生说:"茂生,放松些,这不怪你。"

茂生不敢接韩先生的话,他挤了挤干燥的脸皮说:"谢谢先生,我不去你那里临帖了,我爹给我扎了毛笔,蘸水在水缸壁上一样练。我听先生的,多临颜鲁公,'颜筋柳骨',我懂颜体字的好处。"

"茂生,你有事了,记得随时来找先生。"

地图上的手脚做得并不显眼,茂生还是在不安中度过了白天。到了晚上那份不安依然在,这让他无法入睡。窗外一丝响声,茂生也会心惊胆战,生怕大半夜吉野踢开门,抽他的耳光。抽耳光还没啥,茂生最怕开除。三妹说好下个月才出嫁,上周刘家提前接了过去。茂生心疼三妹,她才十岁,还是个小女孩。

茂生没到过长城,听说跟城墙差不多。他只见过柳城城墙,条石打底,青砖垒墙,一个一个的垛口。黄河在地图上,曲曲弯弯流过半个北方,他没有数出九道弯,疑心是日本人故意少画了几道。茂生最不解的是,水向低处流,滔滔黄河水是怎么从青海向上流,流到了"几"字顶上去的呢?

后来茂生想起韩先生偷着教的一首诗:"黄河之水天上来,奔流到海不复回……"李白到底是个明白人,这才说得通,黄河水从天上下来,自然有神力,想流到哪儿流到哪儿。茂生又想,世上有这样的神力,咋不把日本鬼子赶回东洋老家去呢?

第六章

第二天清晨,吉野站在茂生画的地图前,独眼盯着"大日本",三个字间距拉得很长。

"大日本天皇万岁。"吉野突然转向东南方向高呼。

茂生在教室里听得真真儿,地图是他画上去的,不安一直在他心中堆积。他在心里骂了七八回"烂带鱼",好在地图做了些手脚,茂生的心还能安慰一些。

陈铁血们没有骂"烂带鱼",以前被迫喊"天皇万岁"时,他们大着舌头喊"天皇半岁"。吉野冷锅冒热气高呼"大日本天皇万岁",陈铁血们在心里喊"小日本天皇半岁"。陈铁血竟小声喊了出来,张执一捅了一下陈铁血的肋叉子,陈铁血才不出声了。

吉野突然陷入了亢奋和执拗,叫停了课堂,命令级任带学生排队参观看板。吉野全副武装,用木战刀当教鞭,指着粉红色区域大讲"日满一家"。说了大半个上午,嘴角白沫滔天,但兴致依然极高,又命令进行第二轮参观,他又一次开始了夸张的表演。

田校长回到学校，看见地图心中像扎了一根刺。双羊镇小学快变成日本人的学校了，得想个法子泼吉野一头凉水，灭灭他的气焰才行。可是急得满嘴燎泡也没用，在吉野这块又臭又硬的茅房石头面前，他发现自己连个鸡蛋都不是。这次开会便是传达"文教部"的训令，一年级起开设日语课。上边会派来一个日语教师，听说在县里当过翻译，是个朝鲜人，叫崔树勋，还有个日本名字叫铃木树勋。

这天吃过午饭，吉野给了韩先生一包种子。

"这包种子产自我父亲的番茄园，费了老大周折，搭乘'小鹰号'漂洋过海，才来到双羊镇这个小地方。这包种子可不是来旅行的，它们要在这片番茄园里发芽、生根、开花，结出大大的番茄来。"

"吉野先生，我会珍惜这些种子的。"

"韩先生，我的父亲痴迷种番茄，我的味觉是我父亲养出来的，我也无比爱吃番茄。这片番茄园种出来的番茄，我要寄给我的父亲品尝，你一定要给我种出大大的番茄来。"

"我和我的学生不会让你失望。"

韩先生在他的黄泥斋育柿子苗，等天暖了再移栽到地里去。他在火炉子边上围了个四方框，撒了些沙子和土，将柿子籽撒在土上，再撒一层薄土，洒了水，等着种子发芽、长苗。

韩先生找了张执一和陈铁血来，边育苗边给他们讲了白居易的《卖炭翁》。他俩离开黄泥斋前,韩先生说:"你们俩要当小先生,教给同学们,回到村子教给没钱上学的孩子。"

韩先生请吉野来看育苗畦子,吉野说他没想到韩先生这么内行,他父亲就是这么在火炉边育苗。

"吉野先生,这是陈智仁想出来的主意。"

"陈智仁?"

"那个高出一头的男孩。"

"哦,那个陈铁血,会种菜的小农夫。"

"围畦子的石头、畦子里的沙土也是陈智仁的功劳,他说要早一天种出番茄来。"

韩先生带着学生给柿子地打篱笆。他说篱笆得打密一些,街上人家养的鸡到处乱窜。篱笆高三尺三,密密实实,猫在柿子地做事,外面看不清,这正是韩先生想要的。

打好篱笆的第二天,一大早听见吉野在柿子地门口骂人。韩先生以为篱笆出了问题,他也走到了柿子地门口。不是篱笆的事,是地图让吉野大发脾气。

"良心大大地坏掉了。"

原来"大"字被人改成了个"小"字,"大日本"成了"小日本"。韩先生心中虽喜,脸上却故作惊讶:"怎么会这样?"

"要查清谁干的,枪毙他。"

"或许这只是一个恶作剧。"

"这是对大日本帝国的羞辱,要枪毙枪毙枪毙。"

韩先生在想这是谁干的,胆子可比倭瓜还大。他先想到陈铁血,可这不是他的字,陈铁血写字跟蜘蛛爬出来似的。茂生更不可能,这也不是他的字迹。张执一?他就算有这个胆子,也不会这么莽撞。

这个改字者会是谁呢?

韩先生有几十年书法功底,一眼看出改字者学过褚遂良,这人没有掩饰笔迹,或许他有意暴露笔迹,不想让学生们受连累遭殃。

吉野找了张薄纸,蒙在黑板上将"小"字透下来,拿回去关上门研究。韩先生喊了几声吉野先生,吉野没理会,门依旧死死关着。

韩先生心生一计,不能让冒险改字的人白费劲。他假意发怒,将自己的学生喊过来,在黑板前围了个半圆,点指着"小"字问谁干的。问了好几遍,一遍比一遍嗓门高。学生们或摇头,或默不作声。五年级学生看过了,其他年级学生凑热闹,也来围观。

吉野怒气冲冲地拉开屋门,木门咣当甩在一边,震得九块骷髅木牌叮当乱响。他有火又发不出,韩先生在调查改字的人,他刚吩咐过的。见吉野来了,韩先生让学生散了。

学生的"满语"作业全被收上来,吉野坐在办公桌前,瞪着独眼,一本一本辨认字体,结果一无所获。吉野独眼冒火,他不信找不出改字的人。他手拿纸条走进教室,从一年级开始,学生一个一个上讲台,在黑板上写三个"小"字,六个年级一个上午折腾下来,还是没有找到这个改字者。

吉野又让所有教员集合,田校长也算在内,每人写三个"小"字,还是没找出这个隐形人。

吉野用上了下作的手段——诈。

所有学生在操场集合,吉野挎着木刀站在领操台上,给全体学生相面。独眼扫视一圈,多数学生面露惧色,害怕吉野会喊自己的名字。

"陈铁血!"吉野突然大喊。

陈铁血站得昏昏欲睡,他也转了一个上午的脑筋,没有看出谁是改字的人。学生里除了他自己,没谁有这样的胆子。不是自己写的,陈铁血心不慌。吉野喊他名字,陈铁血没吭声,没听见一样。满操场学生比陈铁血还紧张,而陈铁血跟没事人似的。

"陈铁血!"

吉野又厉声叫喊,陈铁血直愣愣站着不说话。

"陈铁血,你耳朵聋了吗?"吉野指着陈铁血喊。

陈铁血指着自己的鼻子说:"吉野先生,你在喊我吗?我不叫陈铁血,我叫陈智仁,陈——智——仁。"

陈铁血的回答呛得吉野没脾气。

"陈铁血,你半夜偷改了地图。"

吉野一开口，先给陈铁血定了罪。陈铁血没做过这事，他底气十足，不慌不忙回答吉野。

"我昨晚一直在睡觉，我的同学能为我做证。"

"你一定是半夜起来撒尿，不，是假装撒尿，改了地图。"

"屋子里有尿桶。"

"我不管你有没有尿桶，字指定是你改的。"

"你验过笔迹了，不是我的笔迹，我写不出那么好看的字。"

吉野抽出木刀，跳下领操台，杀奔陈铁血而来。陈铁血早领教过木刀，一通乱砍不是闹着玩的。好汉不吃眼前亏，惹不起躲得起，陈铁血撒丫子跑了。

吉野火冒三丈，挥舞着大木刀追赶陈铁血。陈铁血大长腿，跑起来像头鹿。吉野腿短，还独眼，头歪着向斜里跑，哪里追得上陈铁血？陈铁血一路冒坏，他不一下子跑没影，反而跑一段停下来，回头看着吉野。看吉野要追上，他又撒丫子跑掉。

陈铁血这一跑吓坏了操场上的学生，连田韩二人也没想到他会撒丫子。没想到归没想到，但都赞同陈铁血跑掉，吉野一顿木刀乱砍，不知哪下弄个骨断筋折，不死也残废。

吉野晃着小短腿返回学校，气呼呼、嘟囔囔，扬言要把陈铁血抓去宪兵队，交给小岛队长审问。逃走说明心里有鬼，不是他改的字，也是他的同伙干的。

"他才十三岁，还是个小学生，怎么可能会有同伙？笔迹也验过了,不是他。"田校长提醒吉野。

吉野指指自己的瞎眼,他发现这么指是自揭短处,又放下手指,说:"山里有铁血少年营,小小年纪就与大日本皇军为敌。"

"双羊镇离山里远,他怕打才逃走。"

"在你的学校里发生了侮辱大日本帝国的事件,你也难逃责任。"

"吉野先生,全校师生都比对过笔迹了,不是学校里的人改的字,学校没有大门,墙又不高,说不准是哪个酒鬼夜里进来干的。"

"酒鬼?你当我是酒鬼吗,那么容易糊弄?一定是学校里的人,只是我还没有想到是怎么骗过了我。"

"吉野先生,我想这个'小'不是国之大小,而是地形图上图形的大小,从图形大小看,日本确实小。"

"你在胡说八道,为改字者洗脱罪名,我要上报大久队长和山口督学,让军警来侦查,顺便查一查你田校长的底细。"

"吉野先生,真如你所说,这是一个侮辱事件,你刚来双羊镇小学便发生这样的事,上报给大久队长和山口督学,大久队长和山口督学会怎么看?原田先生在双羊镇两年多,从没有发生过这样的事件。"田校长将了吉野一军。

吉野性情残暴,人却不傻,这事闹起来,于他并不光彩,他还想着表现好能回到战场呢。见吉野心思有些活,田校长补了一句:"吉野先生,那个陈智仁,就是陈铁血,他真没做这个事,他是害怕挨打才跑的,还是让他回来上学吧,我会让他给你道歉。"

"他没有任何理由逃跑,他能做的只有服从,他被开除了。"吉野气得咬牙切齿。

"陈铁血在帮韩先生育番茄苗了,他很想为吉野先生种番茄,早一天种出红溜溜的番茄来,也好寄给你的父亲品尝。"

"没有陈铁血,韩先生也要种出好番茄。种不出好番茄来,他从哪儿来回到哪儿去,不配在这里教书。"

吉野气急败坏,要田校长找学生将地图擦掉。韩先生喊了张执一和崔宝义,他俩去打了一桶水来,浸湿了抹布擦净了黑板。

茂生一整天都在惶恐中,他真怕吉野发现日本地形图画小了,还有粉红色浓淡不一。张执一和崔宝义擦净了黑板,茂生筋骨才松下来,像死过一回,没一寸不疼。

晚饭后韩先生来找田校长,嘀咕着要陈铁血回来上学。田校长去买了二十个鸡蛋,天黑后给吉野送了过去,只说这是陈铁血爷爷送来赔不是的。吉野跟大多数日本人一样贪婪,二十个鸡蛋让他原谅了陈铁血。

第二天陈铁血又出现在学校里,他的同学惊讶之余都说:"陈铁血,你还不快跑,让吉野看见你就没命了。"

陈铁血还懒懒散散地蹲在墙根晒太阳,脑门上微微出了层细汗,眯缝着眼说:"吉野吃鸡蛋呢,他没空来抓我。"他的同学听不懂,直到看见吉野上茅房,见陈铁血晒太阳也没大喊大叫才放下心来。

韩先生前后喊了十几个学生来育苗，教会了他们十几首古诗，叮嘱他们去当小先生。他盼着柿子苗能早点移栽到地里去，侍弄柿子地要更多的学生，柿子地将是他和学生最隐秘的课堂。

韩先生没有停止猜改字者，只觉得笔体在哪儿见过，又好像没见过——他在双羊镇交往过的人中，没人学褚遂良。这天他吃过晚饭在黄泥斋里踱步，忽然想起了一张油印小报。他用小刀子从书桌后的墙缝里抠出一张折叠着的小报，报上刊印着"西安事变"的经过。那是冬天里韩先生一大早起来，发现门缝里塞着这张小报。他没有烧掉这张报纸，冒险藏进了墙缝。

这种油印小报，是用铁笔刻钢板蜡纸，油辊子蘸墨推印出来的。报上的笔迹跟黑板地图上的"小"字一般无二。韩先生既兴奋又疑惑，印这份小报的人应该在镇上，没准就在学校里，会是谁呢？他想过是田校长，但田校长不写褚体字。田校长一心教育救国，不关心政治时局，心思都在这所小学上。

韩先生解开了一个小谜题，又陷入了一个大谜题。不能再留这份报纸了，万一被发现，说不定会让印报的人暴露。他将小报塞进炉子烧了，又仔细拨了拨纸灰，无一点残留才放心。

第七章

"地图事件"过后,学生们背后叫吉野"小日本儿",以前是"吉野又来了",如今是"小日本儿又来了"。只有茂生和田少康还叫吉野先生。

田少康自己不叫吉野"小日本儿",还要跟人争辩:"洋人有啥不好?日本人来了,铺子里什么都有了,洋火、洋油、洋蜡、洋钉、洋伞,买什么有什么。"

好多同学不敢和田少康争辩,也不敢说不好,怕他去找吉野告密,只好说:"你家买得起洋货,我们谁家买得起?"

"大东亚共荣了,有钱了,都买得起。"田少康得意扬扬。

歪理传到陈铁血耳朵里,他在操场上拦住田少康,说:"你说洋人洋货好?"

田少康见着陈铁血真怵头,他说:"我说过,本来嘛,洋玩意儿就是比咱的土玩意儿好用。"

"日本人来了,带来了洋货你说好;日本人来了,带来了洋鬼子,洋鬼子挎洋刀、放洋枪、打洋炮,残害我们的人,这个也好?"

陈铁血句句在理,问得田少康没话说。搁别人这么说,田少康没理辩三分,准能红口白牙地怼回去,可一物降一物,他见着陈铁血就要矮三寸。田少康又拿吉野来压人。

"小心吉野先生听了去,割了你的舌头。"

"小日本儿知道了,也是你这个小假洋鬼子告的密,不过我不会承认。"

田少康听陈铁血当面骂他小假洋鬼子,气得呼哧呼哧喘,跟在操场上刚跑过圈一般。最后田少康还是哭了。

"陈铁血,你等着!"

"等着就等着!"

陈铁血得了胜,也只有他能气哭田少康,很有几分快意。他去撒尿回来碰见了韩先生,韩先生说:"不要叫田少康小假洋鬼子,他是让田宝三带歪了,咱们多给他讲讲理,让他脑子转过弯来。"

"先生,有他爹在,讲多少理都白费,他爹恨不得给日本人端尿盆。"

"田宝三是田宝三,田少康是田少康。"

校役陈喜安敲钟、扫院子、掏茅坑、给厨房帮厨,也上体育课。陈老师上体育课只会跑圈,偶尔兴致好些,跑完圈玩个老鹰抓小鸡、猫抓耗子,不过多数时候跑完圈便在操场上"放羊"。

吉野对体育课不满意,训过几回陈喜安。陈喜安说:"吉野先生,我不是专职教员,我要敲钟、掏茅坑、扫院子、给饭寮帮厨,还要上体育课。"

吉野找田校长,要另找一个人教体育。

"一个萝卜三个坑,秦秋农是美术教员,她还要做二年级级任,我要教全校的自然课,韩先生赶鸭子上架教五年级算术,多找一个教员没有工钱发。"

吉野在田校长这里碰了软钉子,回头把气撒给了陈喜安。他当着学生面打了陈喜安耳刮子,还要辞退陈喜安,田校长好说歹说劝住了。

"以后高小的体育课我来上,陈喜安上初小的课好了。"

双羊镇小学是两级小学,前四个年级为初小,五、六年级为高小。田校长一听吉野要上高小的体育课,脑子跟敲锣似的嗡嗡叫,那样一来指不定要出多少洋相,学生们可要遭大罪了。

"还是我来找人替陈喜安上高小体育课吧,吉野先生做主事,又兼着学监和寮监,不能再上体育课了。"

吉野不给商量的余地。田校长面上带笑,心却凉了半截。人家非要教体育课,你又能说什么?可恨这个陈喜安,上的那叫体育课?

吉野上的第一节体育课是五年级的课。韩先生在国文课上嘱咐他的学生,要像个上课的样子,吉野不是陈喜安,不要叫他抓到不是。

午饭后田少康走到五年级教室前，拦住林天佐说："下午你们上吉野先生的课，吉野先生力气可大了。"林天佐瘦小枯干，不敢惹田少康，回了教室。这话有好几个同学听了去，听出了田少康的幸灾乐祸。他堵在教室门口，小嘴儿叭叭起来没完，直到陈铁血上完茅房回来，田少康才转身走开。

过去上陈喜安的体育课散漫惯了，冷不丁上吉野的课也有点紧张不起来。张执一整好队，刚要拉着队伍跑圈，吉野抡起木刀抽了张执一腿肚子，张执一站立不稳，跪在操场上。吉野又大喝张执一站直，张执一腿肚子先是锥心疼，立马又木又沉，站了几回都趔趄着倒下去。

田校长知道吉野要耍威风，躲在窗户后面偷偷观察。张执一是班上做得最好的学生，他都挨了打，没有几个能逃过这顿打。田校长压着火来到操场上，吉野要抽张执一第二刀时，田校长架住了吉野胳膊。他不能质问吉野，又不能眼见学生吃亏，喊张执一："还不快给吉野先生道歉。"

张执一脑瓜好使，知道田校长怕他吃亏，让他道歉是护着他。他勉强站起来，忍着疼痛说："吉野先生，对不起。"

吉野并不买账，见田校长拦住了他，气得仁丹胡撅了三撅，说："这是我的体育课，我在教育我的学生，你不能干涉我的课堂。"

"吉野先生误会了，我不干涉上课，我是担忧打坏了学生，家长来学校闹,对吉野先生名誉不好。"

吉野翻了翻独眼眼皮,又翻了翻瞎眼眼皮,骂了一句张执一,让他归队。

吉野上课更单调,所有学生的脸冲着毒花太阳站着。哪个站不直就从背后砍一木刀,砍过了不许喊疼,要立马站好。有些学生腿肚子酸软,吉野冷不丁踹一下,接着啪又是一刀。

田校长干着急也没辙,他能做的只有去找陈喜安,提前三分钟敲了下课钟。

下一节课上美术,秦老师没着急开课,她让学生们先互相看伤。李大飞的胳膊疼得挺不住,秦老师派陈铁血去找陈喜安来。老陈上体育课外行,正骨有一手。三代祖传,晃筋骨错缝,老陈上手鼓捣鼓捣便好。他捏过李大飞胳膊,摇头说:"骨头断了,伤筋动骨一百天,夹上板子回家养伤,养好再来上学吧。"

余下学生所幸都没伤到骨头。陈喜安将李大飞带到了煤棚,给断臂夹了夹板,然后将李大飞送回了家。李大飞让吉野打怕了,再也没有回来上学。

田校长去找吉野,不能允许吉野放肆地打学生。

"吉野先生,你不能像对待士兵一样对待学生。这里是学校,不是军营;他们是学生,不是士兵。"

"田校长,你来得正好,以后学校不再上体育课了,体育课改成操练课,操练课上没有学生,只有士兵,只有命令和服从。"

吉野的嘴巴像一挺机关枪,每一个字都是一颗子弹,独眼燃烧着一绺诡异的火苗,要把整个学校都烧成灰。田校长都有些怕吉野了,他冷静片刻之后,又回射了一梭子子弹。

"我要去山口督学那里告你的状。"

"你就是告到关东军司令部,我的决定也不可更改。"

田校长把火气压一压,说:"山口督学可不想你这么任性,那会给他带来大麻烦。"

"督学算什么,一群只会耍嘴皮子的蠢猪,整天哼哼唧唧。"

田校长不可能去找山口告状,山口不是他想见就能见的。吉野一个瞎眼兵敢骂山口是猪,可见日本军方多么看不起文官。就算去告了状,山口也不会为了他去得罪吉野。吉野小爬虫一只,但他背后是大久,大久背后是日本关东军。

田校长知道这里面的斤两,他之所以偶尔跟吉野叫个板,是仗着堂兄的一点势力。没有堂兄,别说吉野不会将他放在眼里,山口早把他这个校长拿掉了。

堂兄写信嘱咐他少替学生出头,山口督学几次埋怨他跟原田对着干。他没给堂兄回信,打心眼里看不起这个堂兄。但他又最明白,不能不依仗着堂兄的一点势力,不然校长做不成不说,恐怕早成"思想犯"了。

田校长来问计韩先生,韩先生也一筹莫展,没个好对策:"老兄,我不是三国的诸葛亮,也不是梁山的吴用,我也阻止不了这个恶魔。"

"我真想行刺掉这个恶魔。"田校长有些沮丧。

"行刺了吉野又怎样？还会有大野、小野、牧野派过来，倭寇一日不走，一日别想安宁。"

"可也不能让吉野胡闹下去，学生扛不住了，要出人命。"

"眼下看只有少上体育课，少上一节是一节。"

"也只能这样了，可怜这两个班的孩子了。"

"老兄，你也要保护好自己，日本人把你当眼中钉不是一天两天了。"

"怕死求荣，甘受窝囊气，不如不做这个校长。对了，你的'柿子地计划'怎么样了？你真想给吉野好好种番茄？"

"柿子苗移栽了，等秧苗上了架子，柿子地就是课堂了。"

"柿子地不光是课堂，还要是乐园，孩子们太压抑了。他们需要一个地方暂时放下恐惧，乐上一乐。"

"孩子们不会白出力，他们会吃上柿子。"

"菜地不大，也是咱中国的土地，是我们的柿子地。"

田校长找吉野说减课的事，每周三节体育课减到每周一节。吉野摇头晃脑，他说正打算每天下午都上操练课。田校长以豁出命的架势反对，他说国文、日语、算术、修身、自然、地理、美术都要上，体育课不能成为主课；叫体育课也罢，操练课也罢，每周最多两节不能再加。

几次交锋下来,吉野也有些怵田校长,这个中年汉子一点都不唯唯诺诺,话不投机便要去上边告状。吉野看到了田校长的决绝,他也软下来,同意减一节课,但体育课正式改为操练课。田校长算是扳回一局,也摸到了吉野的底,真要强硬到底,吉野也会让步。

韩先生大清早进了柿子地,土真肥啊,柿子苗长得壮,没一棵苗打蔫儿。他在畦子中间挖了一条曲曲弯弯的水道,在一头倒上水,水在水道里边渗边流。他给浇水的陈铁血说:"多像黄河。"

"先生,为啥叫黄河,不叫红河、黑河、白河?"

"黄河流过黄土高坡,冲刷了黄土,河水发黄,叫了黄河。除了黄河,也有红河、黑河、白河。红河在云南;黑河在黑省;白河就是白水,在陕西。"

"先生,你咋知道恁多?"

"中国版图老大了,日本才是小日本儿。"

"课本上说日本岛是天照大神点化而成的,是真的吗?"

"天照大神?天照大鬼吧,天上飞的家雀儿见过吧,小日本儿就是一只家雀儿在海上飞,噗噜噜拉下的一条雀屄屄。"

给柿子地锄草、浇水时,韩先生都会安排一个学生在篱笆下做事,透过篱笆看着吉野,相当于一个哨兵。学生爱听课本之外的东西,他每次都说得很少,从来不贪多,学生也只喊两三个。

韩先生还没带茂生来柿子地,但他自有盘算,总有一天也会让茂生来。每次选学生来柿子地,茂生都把头低下。韩先生点完学生名字,茂生才缓缓抬起头来。躲的回数多了,他又觉得对不起韩先生,先生对他那么好。

茂生时常想起三妹来。雅珍嫁人那天一声没哭,坐上毛驴车要去胡椒屯了,攥着茂生的手说,哥你好好上学,别想别的。茂生只顾点头,他说三妹,想家了就回来。

那天晚上睡觉,少了三妹,炕上很空,茂生梦里响着毛驴车辚辘的吱扭声。第二天想去胡椒屯看看,爹制止了他,说:"雅珍是刘家的人了,你别把你三妹说的话左耳听右耳冒了,好好上学,别想别的。"

四年级的刘兴财家住胡椒屯,跟雅珍的小丈夫是远房本家。茂生问刘兴财:"婆婆对雅珍好不好?"

"打倒是没见打,骂是听得见骂,给一家人洗衣烧火,还要喂一圈的猪,养媳妇在婆家做啥她做啥。"

茂生知道了三妹在刘家受苦,问:"三妹每天吃得饱吗?"

"谁家都关着门吃饭,我没见着。"

茂生听出刘兴财没说真话,三妹干得苦吃不饱。想到三妹在刘家的日子,茂生学得更刻苦,怕对不起三妹。

韩先生不让班上同学怪茂生,还要他们处处护着点茂生。韩先生这份好儿,茂生在心里记着,好好学习也是对得起先生了。

这一天,韩先生喊了茂生来柿子地,他没给茂生讲什么课,浇水，施肥，培土，给柿子苗绑架子。看得出，茂生在柿子地很开心。

"茂生，你好好上学，别想别的。"

茂生愣了一下，韩先生跟三妹说的是一样的话。茂生眼热，搓着手掌心的泥巴说："先生，柿子地再要浇水了，你喊我。"

第八章

在柳城教育界,田校长是有名的护犊子,这也是柳城十几所乡村小学中,双羊镇小学学生最多的原因。双羊镇小学只有一个日本主事,有的学校还有日本教员,打学生像吃饭、喝水。

六年级操练课上,吉野还是看哪个学生都不顺眼,大木刀抡起来就乱劈乱砍,打学生像闹着玩儿。田校长老母鸡似的冲到操场,夺下木刀,抓住木刀两头,在膝盖上狠狠一顶,咔嚓一声断了。木头丝丝络络没完全断,田校长抡起来,折断的木刀飞上了天,落在了教室屋顶上。

"吉野,你混蛋,打两下吓唬吓唬就行了,你还没完了?在双羊镇小学,谁也不能平白无故打学生。"

田校长夺刀折刀丢刀一气呵成,吉野完全傻掉了,他绝没想过有人敢折他的刀。吉野死劲握了握手,扭脖子转脸,看见折断的木刀死鸟一样落在屋顶上。

这一出折刀戏,不只吉野愣住,学校教员、学生都愣住了,连韩先生也没想到。这田校长命都不要了，豁出破头撞金钟，跟吉野硬碰硬叫板了。他们都为田校长捏把汗，他面对的吉野像一条狂躁的疯狗。

吉野愣过之后是暴怒，木刀没了，胳膊成了武器，抡起来要打田校长。田校长没躲，用手指着吉野的鼻子骂。

"八嘎！"

这一骂吉野反倒不敢下手了，平日都是日本人张口闭口骂八嘎，田校长脆快地回敬了一句八嘎。折木刀，骂八嘎，吉野被田校长的阵势镇住，一时摸不着门儿。

"反了天了，敢骂我？"

"是我反天还是你反天，我问你，是下级服从上级，还是上级服从下级？"

"当然是下级服从上级。"

"校长大还是主事大？"

田校长手指没收回来，一直指着吉野鼻子。主事相当于副校长，是校长的下级。吉野发现落入了田校长挖的坑，答也不是，不答也不是，尴尴尬尬地一跺脚走了。

田校长宣布提前下课，查看有没有像李大飞一样骨折的。陈喜安挨个学生查看过，有肿有红，也有擦破皮流血的，好在都没有伤及骨头。学生们回了教室，田校长看着地上的血迹，心情像地上乱糟糟的脚印一样。

吉野和田校长整个下午都没出屋。学校异常安静,所有的课都没有人出声。

韩先生喊张执一、陈铁血和崔宝义去了柿子地,他说:"吉野瘪茄子了。"张执一说:"从没见吉野这么灰头土脸过。"陈铁血愤愤不平,哼了一哼:"日本人也欺软怕硬。"崔宝义表达了他的担忧:"吉野会不会报复校长?"韩先生看着吉野办公室,忧心忡忡地说:"说不定正琢磨损主意呢,你们最近先躲着点吉野。"

学生放学后,吉野主动上门来找田校长,乐呵呵的,笑面佛一样,说:"校长先生,我想我们应该谈谈。"

田校长觉得别扭,吉野头一回喊他校长先生。吉野面上带笑比他板着脸更让田校长心慌。

韩先生为田校长担忧了一个下午,他始终盯着吉野的动静。他甚至担忧吉野会对田校长下黑手,真要那样他也会跟吉野拼命。这个学校可以没有韩先生,但不能没有田校长。没了田校长,师生最后那点尊严也会被踏进茅坑。

韩先生眼见吉野敲开了校长室,他本能地往最坏处想,提上算术课上用的木尺。这尺子是韩先生自己制作的,水曲柳木头厚而硬。吉野敢下手,这把木尺能派上用场。他抱定拼命之心,急三火四地敲开校长室的门。

田校长正与吉野和风细雨地说话,看上去吉野并不像有歹心。韩先生假装尴尬,扬了扬手中的大木尺,向田校长和吉野笑了笑:

"吉野先生也在啊，对不起，我来找校长请教算术题。你们先说话，我在门口等一会儿。"

田校长从韩先生的笑中看出了玄机，心中暖暖乎乎，向韩先生一笑："韩先生，我跟吉野先生说点公事，一会儿我们再探讨算术题，有劳在门口等一会儿。"

韩先生没把校长室门关严实，留了一条缝儿，他能随时冲进屋子里。然而，他们说话很和气，时不时还传出吉野的笑声。好半天吉野才走，拉开门见韩先生还在，他竟向韩先生微微点头，嘴角含笑："韩先生，我看过了番茄园，每一棵番茄苗都长得好。我的父亲还担忧这些种子水土不服，看来他的担忧多余了。我要写信告诉他，这些番茄是'日满一家亲'的见证。"

"他见到信，会很高兴。"

"吃到番茄，他会更高兴。"

韩先生只在校长室小坐了片刻，待得久了吉野会起疑心。

"吉野向我道歉。"

"稀罕事，别藏着一泡坏水儿吧？"

"坏水儿少不了，只是不知有几泡。"

"他还欠学生一个道歉。"

"他答应不再平白无故打学生了。"

"老兄，这是你泼了命斗争来的，有你这样的校长，学生们有福了。"

"你信疯狗会不咬人吗？我不信，不露齿不汪汪的疯狗下口才狠。"

"你要小心吉野。"

田校长看看韩先生手上的大木尺，说："老伙计，谢谢你。"

"谢啥嘛，我来请教算术题，该谢谢校长才是。"

两个人默契地大笑，拱手告辞，像两个友人远行道别。

从校长室到黄泥斋百步远，韩先生心血来潮将木尺当剑舞。他知道吉野一定在偷看。韩先生饱读诗书，对剑术一窍不通。他是韩先生舞木尺，意在给吉野看。走到黄泥斋门前，木尺唰地向下一劈，心中好不快意。

折断的木刀第二天就不在屋顶了，吉野夜里用长杆子把它钩了下来，弄去了哪里没人知道。周末吉野回了趟县城，周一早晨站在校门口监督，腰上又挎了一把新木刀。又只过了一天，没有见吉野再挎刀了，他把刀挂在了办公室门斗上方。一把刀九块骷髅牌，他的办公室看上去更像个鬼屋了。

又到了操练课，吉野从上课之初便带着笑，搞得学生们心里敲锣打鼓的。哪个学生没站好，吉野点名要他出列站在太阳底下。还没到半节课，就有二十三个学生出列了。吉野不打不骂，一句批评也没有，反正哪都是站，学生们倒放松了。

上一节课吉野没找陈铁血毛病，这一节课依然没有，就像没陈铁血这个人。陈铁血心里噼里啪啦拨拉小算盘。吉野不会只罚站拉倒,陈铁血假装腿软跪在地上,揉着腿假装腿疼。

吉野关心起陈铁血来:"你的腿怎么了?"

"疼。"

"你去树下休息一下。"

"不用了,我和他们一样吧。"

陈铁血没等吉野说下文,出列站到队列外面去。学生们早已站不住,见陈铁血耍赖,吉野屁都没放一个,纷纷出列站到队列外,原地不动的只剩茂生。

茂生站得比一棵树还直,汗水从脸巴子上流下。吉野对茂生很满意:"孙茂生同学,我准许你去树荫下,这是你该得到的奖励。"

茂生没敢动。吉野独眼笑眯眯地看着茂生,拍了拍他的肩膀说:"这是命令。"

茂生这才行礼、立正、转身、齐步走。到了树荫下,他还是站得笔直如树。

吉野突然回头向校长室诡秘一笑,一直暗中观察的田校长激灵一下,吉野又要冒坏水。他听吉野说:"没站标准的同学,要和我摔跤,练练筋骨,你们谁把我摔趴下,我奖励他奶糖吃。"

吉野掏出奶糖托在掌心。

学校操场是黏土和黄沙铺成的,石碌子碌碾了无数遍,又经许多年许多脚板的踩踏,地面硬如石板。吉野话说得溜光水滑,这一招其实无比残忍毒辣，比打人巴掌还阴损。

吉野喊张执一先摔，张执一被木刀砍的腿伤还未好，但怵头也得上去。他是级长，缩头缩脑会让同学看不起。头三出没好戏，躲又躲不掉，不如先摔，大不了再添一层新伤。

张执一还没明白怎么回事，吉野脚下一个绊子，他就摔了个四仰八叉，后脑勺撞在地上，吉野的独眼笑眯眯地看着他。张执一很想起来，却疼得翻江倒海。吉野踢一脚张执一，骂了一句什么。张执一闭着眼，耳朵嗡嗡叫没听清。

吉野开始了疯狂表演，一个接着一个摔，下课钟声敲过了还不肯停，最后剩了茂生和陈铁血。吉野铆足了劲要摔趴陈铁血，给这个大个子一点颜色。陈铁血知道一点胜算都没有，但他不怕被摔趴下，没等吉野喊，自己走了过来。

同学们盼着陈铁血摔趴吉野，暗中捏着拳头给他提气。第一回合便让他们大失所望，陈铁血比他们输得还快。更失望的是陈铁血自己，这简直是耻辱。他知道没有胜算，却没想过这么窝囊，还不如一个臭鸡蛋。

陈铁血顾不得筋骨摔坏没有，跟吉野摔第二回合。他不懂摔跤术，伸出两手去抓，正中吉野下怀。吉野抓住手腕用力一带，陈铁血身子整个向前抢，吉野顺势使个苏秦背剑，用上了十二分力气。陈铁血又一回四脚朝天，顿时眼前金星乱闪，耳边一左一右两面锣响。

陈铁血在地上像出泥的蚯蚓一样蠕动，剜心刺骨的疼痛让他暂时忘记了对手，缓了好半天疼痛才弱下去一些。

"猪。"吉野面目狰狞地骂。

陈铁血又铆足了劲站了起来，抓住吉野的手腕角力，两条腿使劲抓地，要扎到土里去。陈铁血双眼瞪得血红，嘴巴大张，几乎露出了所有牙齿，脸皮在眼角处堆成褶皱，颧骨突成两块肉疙瘩。他的同学忘记了自己的疼痛，都为陈铁血握拳使劲儿。然而，刚看清陈铁血已经扭曲的表情，陈铁血又一次轰然倒下。

第九章

二舍里有四个六年级学生，胡凤山是六年级的头儿。他们都佩服陈铁血敢跟吉野摔三个回合，打了热水给五年级学生敷伤处。胡凤山说明天下午体育课逃学去。陈铁血说你们还是算了吧，逃得过初一逃不过十五，吉野还会摔回来，他吃饱了喝足了，摔得更狠。

"陈铁血，我们偷眼看了，吉野摔你最使劲。"

"吉野不敢不使劲，他不使劲摔不过我。"

"我看不见得，你很容易就让吉野摔趴下了。"

崔宝义怕陈铁血难堪，忙插话："陈铁血，你别听老胡他们瞎说，第三回合你坚持了七个数。我数了，是七个数。"

陈铁血还是有些窘，脑门伤口愈发红。他说："我中午没吃饱，吃饱了不一定摔不过吉野。"

"陈铁血，吃饱了你也摔不过。吉野会摔跤，你只会使蛮力，摔跤有摔跤的门道儿。"

"小日本儿太壮实,你想吉野吃啥?顿顿有肉,大米干饭,我吃啥?苞米面窝头,一碗稀饭,咋跟吉野摔跤?吃粗粮咋跟吃细粮比,吃咸菜咋跟吃肉比?长出来的气力都不一样多。"

"陈铁血,你熊了,怕吉野了吧?"

"谁熊了?老胡你看着,早晚我要摔趴吉野。"

"对,摔趴小日本儿,让他满地找牙。"胡凤山给陈铁血鼓劲。

张执一咬牙挺着不喊疼,听陈铁血说粗粮细粮肚饱肚饥咸菜猪肉,他想好好说一说这事,要崔宝义耳贴窗台听声,提防吉野偷听。

"同学们,日本人规定只有他们才能吃大米白面,随了日本姓的朝鲜人也能吃大米白面,不改姓的朝鲜人吃小米,咱中国人只能吃高粱米、苞米楂子,你们说大米白面谁种出来的?"

"咱中国人种的呀。"胡凤山说。

"咱种的大米白面让日本人吃,咱养的猪让日本人吃,还要反过来打咱的嘴巴,摔咱的跤,可恶不可恶?"

"日本人可恶还用说?咱的大米白面猪肉日本人吃了白瞎,给日本人种番茄白瞎不?"胡凤山说到种番茄上来。

陈铁血说:"韩先生不会让小日本儿白吃番茄。"

胡凤山说:"他是你们的先生,我又不知道他想干什么。反正再有两个月我就离开这个鬼地方了,不用受吉野的窝囊气。我去奉天找我叔。"

陈铁血说:"去了奉天又怎样？还不是满大街小日本儿到处耍横？奉天的日本人更多。"

崔宝义小声说:"房山子咔嗒咔嗒响。"

张执一说:"木屐声，小日本儿，都快躺下，别说话。"

过了一会儿门响，崔宝义要去开门，张执一摁住他，小声说:"先不去开，开早了吉野说咱没睡，反倒挨打。"

砸了几声没砸开，吉野大声叫开门。张执一是"寮长"，忍着疼去给吉野开了门。吉野嘟嘟囔囔，手电筒乱晃，挨个掀被窝，没查出毛病，手电筒在屋顶扫了一圈才走。

张执一插好门插棍，木屐咔嗒咔嗒声远了，他回到炕上捅了一下崔宝义说:"你又立功了。"

吉野没查一舍，特意奔着二舍来的，幸亏崔宝义耳尖。陈铁血来了精神头，说:"小日本儿走了，我给大家说段书吧。"

一听陈铁血要说书，大家的困劲都没了。打开学以来陈铁血还没说过书，他们都惦记着八百倭寇怎么退的。崔宝义还当夜哨，防备吉野突然袭击。陈铁血躺着说书，接着寒假前"八百倭寇犯龙山，明军大败"往下说。直听得谁都没了困意，陈铁血讲到戚继光"三箭射三酋"，个个都听得呆了。

"戚继光三箭射三酋，神威镇倭寇，从此倭寇听说戚家军来了，个个闻风丧胆，屁滚尿流。宋有'撼山易，撼岳家军难'，明有'撼山易，撼戚家军难'，那戚继光真是站起来顶破天、坐下去压塌地,硬邦邦、响当当的大英雄。"

陈铁血学他爷的调调儿,屋子里好一阵静。

张执一说:"只可惜几百年后小日本儿又来祸害咱了,这回没有戚继光了。"

陈铁血说:"谁说没有,我给你唱一段歌谣听听。"

张执一问:"崔宝义,你听着没?"

"我听着呢。"

"没问你听书,问你听着外面动静没。"

"也听着呢,左耳听窗外,右耳听说书,两不耽误。"

提醒过了崔宝义,张执一才让陈铁血唱歌谣。

"九一八,大炮响,日本鬼子占沈阳。老蒋下令不抵抗,扔下百姓遭了殃。不是抓去当劳工,就是饥荒饿断肠。百姓无奈没活路,上山去找大老杨。"

陈铁血唱完,胡凤山问:"哪个大老杨?"

张执一说:"还有几个大老杨?杨靖宇啊。"

"陈铁血,你哪儿听来的歌谣,我咋没听过?这要是让小日本儿听见,谁唱割谁舌头。"崔宝义小声插话。

"一个花儿乞丐,走村串屯要饭唱的。"

陈铁血撒了谎,这歌谣他是在柿子地听韩先生唱的,只有韩先生和陈铁血两个人。韩先生还说,大老杨就是当今戚继光。

"大老杨在哪儿呢?"胡凤山追问。

"我哪知道在哪儿？我要知道早去找大老杨了。"

"你这么小，大老杨带着你钻山林子，是给他添累赘，他能收你？"

"咋不收？打鬼子的，大老杨都收。"

五年级的同学沉沉睡去。胡凤山四个还在炕上烙大饼，明天有操练课，吉野这一晚上还不铆足了劲？

胡凤山捅了一下杨志："今儿晚上吉野多吃了一碗大米饭，他是攒劲儿呢。"杨志说："不能吧，操练课要下午呢，早饭、午饭还有两顿呢。"胡凤山说："那就是每顿饭多吃一碗，一碗饭长老鼻子劲了，明儿个可够咱们呛啊。"张执一又醒了，说："老胡你别乱想了，那是吉野摔我们摔饿了，好几十人都摔趴下，也要费不少力气呢。"

六年级走读生缺席十二人。第二天早上，级任冯景元去找田校长。田校长满嘴燎泡，让吉野闹得吃睡不香。

"来几个学生算几个，该咋上课还咋上课。"

"不能再让吉野胡闹了，再这么下去，学生都走空了。"冯老师原来教私塾，胡子都快白了，日本人取缔了私塾，田校长上门把老先生请到了双羊镇小学任教。

"我不管还好些，我一管吉野变本加厉，一招比一招阴损，学生受罪更大。这里面不是一个吉野的事。"

冯景元当然知道不是一个吉野的事，也不是一个小学校长的事，他还能来跟校长诉苦唠叨，田校长找谁去诉苦呢？他不忍再为难校长。

吉野一脑门子气，干脆不列队练站姿，直接改成了摔跤课，一节课下来个个受伤，所幸没人摔断骨头。

周六早晨，吉野从校门口拦下请假的学生，大清早拿他们活动筋骨，美其名曰补昨天的课。上课以摔趴下为准，补课要摔趴三回。

半天课后学生离校，校园里只剩韩先生和吉野。韩先生进柿子地看看，一棵柿子秧开了一朵小黄花。面对这一朵早开的柿子花，韩先生不知该不该兴奋。这满园的柿子秧，每一朵花都是给吉野开的。韩先生要的不是柿子，他要把柿子地变成隐秘之地，是课堂，也是乐园。

韩先生邀请吉野来看柿子花。吉野看了小黄花，脸上也开了一朵花，说："这是你和你学生的功劳。"

"是种子好。"

"我要写信告诉我的父亲，告诉他我在这里遇见了知音。"

"吉野先生，多写写我的学生，我想是他们的欢乐感染了番茄苗，提前开了一朵花。"

韩先生将一切功劳记在学生头上，这样他就有足够的借口喊学生来柿子地。课堂上不能讲的，柿子地都能讲，一句诗、半首词也好。他的学生再回到宿舍、村子去当小先生。韩先生情愿冒这样的险，这冒险有意义。

吉野离开柿子地，他要去县城了。

韩先生又站了很久。他想学生们正在回家的路上当小先生吧，他们准能当好小先生。韩先生忽然有了孤独感，他盼望周末早点过去，学生们从十里八村回来，偷偷给他讲当小先生的事。

周一有三个学生没来上学，有两个捎了口信退学了。这是韩先生最担忧的。他还是想学生们能来上学，不求念出大出息，识文断字，不至于睁眼瞎，去柜台上当个账房也好。

又到了周二吉野的操练课，午饭后张执一找陈铁血去柿子地。

"韩先生在柿子地？"

"先生没在柿子地，我找你有事。"

他们打了一桶水抬着去了柿子地，这样吉野见了就说去浇水。天气炎热起来，他们边浇水边说话。

"铁血，又到摔跤课了，上周摔的旧伤还没好。"

"你来跟我说，吉野就不摔了？"

"我们都摔不过吉野，你要使劲跟他摔。"

陈铁血撩开衣服，拉过张执一的手摸了摸肚皮。陈铁血肚皮瘪塌塌的，他说："吃不饱咋摔得过小日本儿？一顿俩小窝头，一碗稀水饭照得见人影儿，没力气呀。"

张执一望望柿子地外，从衣兜里摸出一些窝头渣，又翻过衣兜将碎渣抖落在手心里，加起来差不多有一个窝头，塞在陈铁血手心。

"你吃了吧,这是我们几个嘴上省下来的。我们吃十个窝头也摔不过吉野。你快吃了窝头渣渣,吃完闭着眼攒力气,等着上课跟吉野摔跤。你摔趴下吉野,我们凑钱去乌恩火烧铺给你买驴肉火烧。"

陈铁血说吃不饱摔不过吉野,是自找脸面闹着玩说的。张执一真给了他窝头渣,还是同宿舍的几个同学嘴里省下的,陈铁血有点脑袋发涨,热血往脑门上涌。

"铁血,别愣着了,你快蹲南墙根去吃,吃了闭眼攒力气。那儿隐蔽,外面看不见。我给你放哨,吉野来了我敲三下水瓢。"

"执一,我吃了窝头渣,还是摔不过吉野咋办?吃下去可吐不出来了。"

"铁血,我们省一口吃的给你,是为了让你攒点力气。你摔吉野,等于大家都摔吉野。摔不趴就摔不趴,一回摔不趴二回摔,二回摔不趴就三回、四回,早晚能摔趴。"

"执一,摔不趴别让我赔窝头,我就放心大胆可劲摔小日本儿。"

陈铁血蹲柿子地南墙根吃窝头渣,三口五口吃下肚,手掌在嘴巴上拍了又拍,一粒渣渣都不剩。他喊张执一端一瓢水来,把牙缝里的渣渣涮一涮。张执一舀了一瓢凉水,看着陈铁血喝下去,又把手掌递给陈铁血,把陈铁血闹蒙了。

"我手心上还有些细碎末,你舔一舔。"陈铁血拉过张执一手心,舌尖舔得张执一手心发麻发痒。张执一收回手心说:"铁血,你歇着攒力气,话也不要说,说话也费力气。"

"再给我舀一瓢水,喝凉水也长力气。"

一个窝头能攒多少力气陈铁血也没底。他晒得脑门发烫,闭了眼想爷爷说过的武打书,什么《隋唐演义全传》,什么《三侠五义》,什么秦琼的锏尉迟恭的鞭、欧阳春的宝刀展昭的剑。有名有姓的英雄好汉的一招一式,他在心里琢磨来琢磨去,一会儿摔跤看看哪招好使能用上。

"我陈铁血就是双羊镇的戚继光。"他没头没脑地就冒出这么一句,转而一想有点说大了。说书人常说人外有人天外有天,这话不假,话不能说太圆,弓不能拉太满。他又在心里说:"我陈铁血就是双羊镇小学的戚继光。"这么说差不了,这二百来学生,哪个也没有他胆子壮。

这么想过陈铁血忽然有了豪情:戚继光龙山退八百倭寇,何况一个独眼吉野?我攒的力气不是我自己的,窝头渣是同学们一人一口省下的,这力气是同学们的力气。我不是一个人跟吉野摔跤,我是十几个摔吉野一个,不信摔不趴小日本儿。陈铁血的豪情一下子涨到三丈五,盼着陈喜安快敲钟,好跟吉野一决高下。

这节操练课又改为了走队列。学生们心里都写着怕字,队列走得七扭八歪,吉野本来看谁都不顺眼,这一来没几个人不被抓。

又是老套路,后半节课陪吉野摔跤。

长话短说,又是陈铁血最后上场,同学们暗里给陈铁血鼓劲。真交了手,第一回合,陈铁血仍输得北都没找着。他想了好多遍的招式,没等耍呢,吉野抓住他的肩膀,往怀里一扯,给陈铁血一个大背摔。陈铁血没来得及浑身角力,人已四脚朝天。吉野只一抓,一扯,一背,一摔,干脆利落。吉野喊陈铁血起来,陈铁血哪还管疼,越是疼脑瓜子越热。可是没等陈铁血站稳脚跟,吉野一个扫堂腿,又摔了个马趴,比第一回合摔得还狠。

同学们都失望地摇了摇头。陈铁血被摔得满脸花,要是赖在地上不起来,吉野也拿他没辙,顶多骂几句踢他两脚;但他还是站了起来,吃了同学们的窝头渣,长了十几个人的力气,他不能赖着不起来。

这回吉野用扫堂腿袭击他,陈铁血一跳就跳开了,他在吉野扫出去的腿没收回来时,出其不意地扑向吉野,抓住吉野的肩膀,将三个窝头一碗稀水饭的力气全使出来,与吉野扭在一起。

同学们不敢出声给陈铁血加油,而是捏紧拳头捶着地,地皮仿佛是吉野的皮肉,死劲捶他个小鬼子。他们一边捶地一边数着数儿,数过了七便心花怒放起来,捶地捶得更来劲,有些同学的拳头捶破了也不知疼。他们数到十五,陈铁血又一回摔了个四仰八叉。

张执一他们既心疼又高兴,陈铁血从七个数挺到了十五个数。

接下去十五到三十,三十到六十,迟早会摔趴吉野。而陈铁血疼痛和沮丧交加——输给吉野他倒不那么沮丧,他相信自己迟早能摔趴吉野。他沮丧的是自己白吃了一个窝头渣渣,又没摔趴吉野,对不起他的同学们。

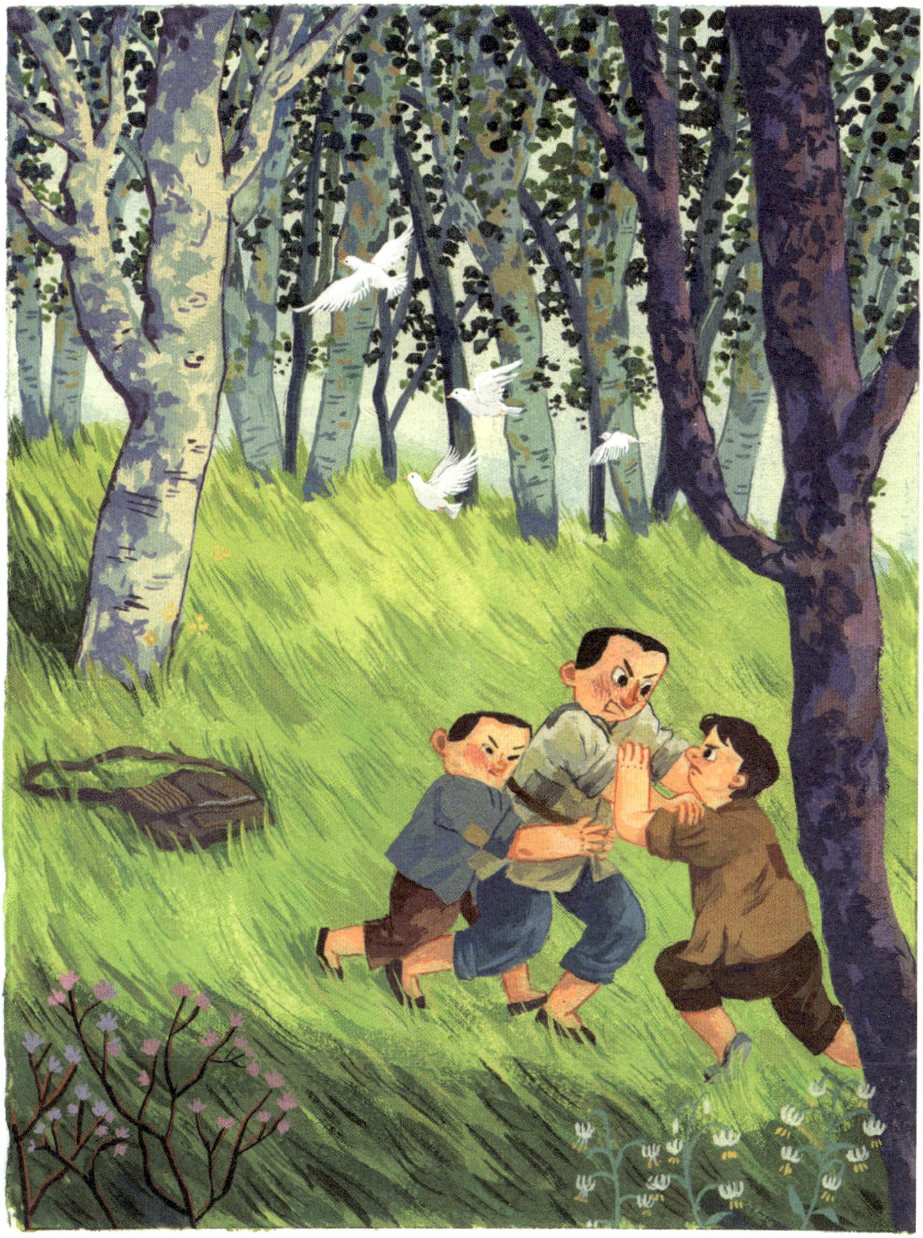

张执一瞅准陈铁血胳膊,
向前跨一步,架住了陈铁血双臂。
崔宝义趁机溜到陈铁血身后,
搂住陈铁血后腰,俩人一前一后较劲。
陈铁血顾前不能顾后,
他想甩开崔宝义,腰上用力抡了几抡,
由于崔宝义长得敦实没抡动。

第十章

陈铁血没上美术课，秦老师派张执一来找。他一个人靠在柿子地南墙根，脚窝还是那俩脚窝。他不上课不是因为输给了吉野，是没脸见同学。陈铁血蹲着没动，对张执一说："你帮我跟秦老师请个假，你快回去上课，吉野知道了还要摔你，你没我抗摔。"

"同学们都惦记你，你不回去上课，谁都上不好。"

"我想晒会儿太阳。"

"你不回去上课，秦老师还要来找你。"

"你别让秦老师来找我，吉野看见了会找她麻烦。我就是想晒会儿太阳。"

张执一劝不回陈铁血，便去黄泥斋找韩先生。韩先生说："陈铁血想晒会儿太阳就晒会儿，他不会出事。吉野要是问起来，就说我派陈铁血去柿子地看鸡，溜达鸡老是跳墙进来叨柿子秧。"

张执一把这话说给了陈铁血，只说韩先生派他在看鸡。韩先生本来也想找陈铁血说说话，可他刚出房门又转了回去，让他一个人晒会儿太阳也好。

晚上熄灯前陈铁血拿出一个窝头,跟张执一说:"这是我的晚饭,我少吃一个,你分给留窝头渣的同学吃。"

"你咋能少吃一个窝头呢?俩窝头也吃不到半饱,你又跟吉野摔了好几跤。"

"我没摔趴吉野,不能白吃同学们的窝头。"

"我们是自愿的。"崔宝义插话。

"你们省下一点给我吃,想让我攒力气摔趴吉野,可吉野没趴,我趴了。"

"力气不是一天两天攒起来的,胳膊腿不是一天两天壮实起来的,吉野也不是三下五除二就能摔趴的。"张执一鼓励陈铁血。

"这个我懂,可我不能白吃你们的口粮啊,你们也跟吉野摔了,那点口粮谁都吃不饱。"

"我们少吃一口没啥,你一口不能少吃。你还要多吃,力气一天一天攒起来,胳膊腿一天一天壮起来,不信摔不趴吉野。"

"陈铁血,老话说得好,身大力不亏,你还是太瘦了。"胡凤山也劝。

陈铁血还是陷在失败的情绪里,怎么劝也不能释怀,多吃了同学们的口粮,没将吉野三下五除二,倒让吉野给三下五除二,仰八叉又狗啃屎,丢死个人。

"铁血,你没白吃我们的口粮,第三回合我们数了数,上次第三回合你挺了七个数,今儿个你挺了十五个数。"

听张执一这么说,陈铁血得到点安慰,他问:"我真坚持了十五个数?"

崔宝义抢话:"我数的是十六。"

"你看你看,至少十五。"

这么一来陈铁血知道那一个窝头吃哪儿去了,吉野十五个数才摞倒自己,这多挺的八个数就是同学们的窝头。送窝头的手不知不觉缩了回去,张执一顺势推了推陈铁血的手说:"快吃了吧,半夜吉野要来折腾咱,还全指望着你跟他摔呢。"

陈铁血捧着窝头吃得一星渣不剩,吃完说:"今晚我给大伙多说一段书,崔宝义你耳尖,还当夜哨,听着点吉野。"

一开口说书,陈铁血把骨节疼和沮丧都忘了,学他爷爷的腔调,把个《戚家军平倭记》说得千军万马奔腾冲杀,戚继光横刀立马如在眼前。

说罢两段,道一声下回分解,陈铁血不再开口。

谁都睡不着了,胡凤山不解馋,讨好地说:"老陈,再来一段,睡不着。"

陈铁血说啥也不会再来一段。说书有说书的规矩,要的就是这个劲儿,扣子拴住,胃口吊足,明儿个才有人听。全指着"下回分解"这四个字吃饭呢。

胡凤山睡不着,别人也睡不着。陈铁血睡得倒香,小呼噜一串接着一串。崔宝义想推醒陈铁血,张执一说:"算了吧,这书他是从他爷那儿听来的,听一个周末,回来给咱说上五天。一晚上说没了,明儿个说啥?"

第二天刚醒,陈铁血悄悄跟张执一说:"还是你明白我。"

"明白什么?"

"你知道我周末听一段书,要说上五天。"

"你打呼噜装的啊。"

"我不装睡,他们会总惦记着不睡。"

早起在操场上跑圈,学生队伍忽然骚动起来,都朝吉野门上望,不敢长时间望,又忍不住不望。吉野的办公室也是他的"寮",门上挂着九块骷髅木牌和新木刀。木刀原来挂着黑黄两色线的灯笼穗子。木刀还在,灯笼穗子没了,刀头上挂着一条猪尾巴,在晨风里晃荡。起初天色没那么亮,等看清了真是猪尾巴,跑圈的学生憋不住笑,又不能让吉野看出笑,憋得脸像吃了苦药咽不下去似的。

跑完圈回宿舍洗漱,学生们没心思洗脸,挤在门缝、窗缝边看吉野屋门。学生宿舍偏东南方向,侧对着吉野办公室。往日吉野起得早,监督学生跑圈,这天偏偏起得晚。学生回宿舍有一会儿了,他才拉开门,抹着仁丹胡走到了柿子地。

韩先生也起来了,他盯着吉野的脚步,不早不晚开门,远远向吉野问好。也许吉野夜梦做得不错,也向韩先生报以微笑。韩先生陪着吉野走进柿子地，吉野见柿子秧长势很好，抹过油的仁丹胡撅得更高，太阳一照像箍了个黑药丸子。

"韩先生，你大大地好，你教育的学生也大大地好。"

"吉野先生，我的学生只是顽劣些，他们还是很乐意为吉野先生种番茄的，听说番茄会乘坐战舰漂洋过海，最后送到你父亲的手上，他们都争着来番茄园浇水施肥。"

"还要管住虫子，有一年我父亲的番茄园，毁在了一只小白虫身上。"

韩先生巴不得吉野多指派柿子地里的活，这样他和学生便有更多理由待在柿子地。

一想到满地柿子秧上了架，结出的番茄管够吃，吉野如吞蜜丸。他离开柿子地在学校里转悠，还没发现灯笼穗子换成了猪尾巴。这个早晨住宿生格外安静，连洗漱都听不到声音，往日脸盆磕来磕去丁零当啷老响。他背着手走来走去，有些纳闷儿，独眼四处瞎踅摸。

学生们躲在缝隙后面悄悄议论。

"这准是校外的人干的，吉野找不到这人，又要污蔑我们，还是想想怎么应对吧。"张执一很是担心。

"夜里咋没听到一点动静？"陈铁血也很纳闷儿。

"挂吉野门上了他都没听到，这么远我们咋会听到？"

"你咋知道是校外人干的，不是我们住宿生？"

"不是校外人干的，难道是你干的？"

"我挨着你睡，我起没起夜你没个数？"

"你想想，住宿生上哪儿去找猪尾巴？那可是新杀的猪的尾巴，你有还是我有？"

"是新猪尾巴没错，猪皮还没抽抽儿，鼓溜溜泛油光呢。"

吉野独眼钉在学生身上，整天琢磨怎么找毛病，一个上午都没发现灯笼穗子换成了猪尾巴。学生中唯一会向吉野报告的田少康，这一周请了病假没来。

一直到午饭后，吉野回办公室，进门前惊动头顶一团苍蝇，他才仰头向门上看，猪尾巴上还趴着几只大个儿绿豆蝇。吉野瞪大了独眼，刚飞起的绿豆蝇和黑苍蝇又落在了猪尾巴上，他油光锃亮的脑门上，也落了一只黑苍蝇，气得他一巴掌拍向脑门。这只苍蝇认准了吉野脑门，盘旋一圈又落了回来，他又拍了脑门一巴掌，拍得火冒三丈还是没拍到，那只苍蝇飞走落在了猪尾巴上。

吉野个子矮，够不到猪尾巴，一团苍蝇看得他心里硌硬，挥舞着袖子驱赶苍蝇。苍蝇可不管吉野是哪国人，它们只认发臭的猪尾巴。

吉野在台阶上跳着脚赶苍蝇，飞起来几只又落回去，他脑门急得冒油也没赶走一只，反倒是脑门上苍蝇又多了几只。藏了一个上午秘密的学生们，都在觑着眼睛看吉野跳上跳下，像发了疯的猪一样气得乱哼哼。

吉野一番丑态表演后一脚踩空，在门前摔了个四仰八叉。他的头重重地撞在房墙上，好半天才爬起来，右手腕不能动了，又疼又气，大声喊人。教员们在教员室装作没听见，田校长磨蹭了一会儿才赶过来，将吉野扶进了办公室。吉野左手抄起扫帚，冲到门外捅下他的木刀，而苍蝇死追着臭猪尾巴不放，有几只尾随着飞进了办公室。

木刀摆在办公桌上，吉野忍痛指着猪尾巴问："这怎么回事？"

"我怎么知道？我还以为是吉野先生家乡的什么习俗，特意挂上去的，我们有五月五挂蒿子驱毒虫的习俗。"田校长这个说辞是和韩先生碰了头，俩人一块儿掂量出来的。他们知道吉野一旦看见猪尾巴，一定会来问，这么呛回去吉野也说不出什么，又能把全校学生视而不报撇清。

吉野知道田校长在搪塞他，他有些失去理智，手腕剧痛让他说话有些变声："一定要把这个混蛋揪出来。"

田校长不看吉野，只看猪尾巴，任吉野一个人骂来骂去。吉野手腕疼痛，已肿了起来。

"吉野先生，揪混蛋这事先放一放，你先去看看医生吧。"

本来吉野想忍痛破猪尾巴案，可他实在忍不了这疼，听从了田校长的建议。赶巧陈喜安打门前过，田校长喊陈喜安给吉野先生看手腕。陈喜安捏过吉野手腕，疼得吉野牙咯咯咬。陈喜安摇头说他正不了，得去医院看才行。

双羊镇有家中医铺,坐堂先生姓胡,祖传三辈,针灸推拿,丸散膏汤,样样精到,可吉野信不过。小岛的宪兵小队有个小泉,是个负伤回来的军医,吉野去找小泉看手腕。出校门前他还装作没事,出了校门就顾不得太多,疼得龇牙咧嘴,两条短腿一撇一撇地奔向正街。

陈铁血趴在墙头看吉野,吉野走得远了,他回身打了个手势笑了出来,紧接着学校里笑声成片。田校长没有制止这场大笑,学校里很久没有过这样的笑声了。"管他呢,笑吧,笑吧,孩子们把憋的气都笑出来。"

学生们发现校长正站在校门口,这么笑似乎不合适,校园又恢复了安静。田校长四下里看看,学生们都在看着他。他自己也需要笑一笑,于是走到操场中间,双手叉腰,仰天大笑。

校园里又像水浪一样涌起了第二波大笑。

田校长集合了所有教员,问:"有没有人知道谁干的,是不是我们的学生?"教员们都说调查过,不是学生干的。田校长说确实也不大可能,学生哪儿来的猪尾巴,想必吉野太猖狂,有人故意戏弄他。

新来不久的日语教员崔树勋说话了。

"校长,会不会是学生家长?吉野可没少摔学生。"

崔树勋是朝鲜人,原来在县公署当翻译,因得罪了日本人,给弄到学校来当日语老师。崔树勋汉语、朝鲜语、日语都通,到了双羊镇小学又被小岛看中，上完课要去宪兵小队当翻译。

这些天田校长跟崔树勋打交道，发现崔树勋不坏，一肚子墨水，人也很正。朝鲜让日本占了，日本人强迫他来到中国东北，在县公署当翻译。他的日本名字铃木树勋是县长给改的，有了日本名字，在县公署餐厅能吃大米干饭。有一回崔树勋说起这事，对田校长说："我叫崔树勋，不叫铃木树勋，我从没吃过县公署一碗大米饭。"

不吃大米饭也不改姓，田校长敬这个年轻人。崔树勋日语课上得轻松，从不打骂学生。他知道学生抵触学日语，又不得不学，他也不得不教。

"我亲爱的学生，你们把它当成一门语言来学吧，世界上有几百上千种语言，每一种语言都是美丽的，语言本身无罪。"

有一天崔树勋讲着课，突然泪如雨下。他平静下来之后微笑着说："我和你们一样，有一个共同的敌人。"他擦净了最后一滴泪水，动情地说，"你们比我还强一些，你们在国文课上还能说你们的国语，回到家也能跟父母兄弟姐妹乡邻说国语，我是不能说我的国语的，我只能关上门自己对着镜子说。"

学生们对崔老师友好起来。原来听说他在县公署做过翻译，一点好感也没有，翻译官是日本人的"龇牙狗"。学生们背后不再叫他"二鬼子"，喊他崔老师。教员们也与他友好，客气地称呼他崔老师。

崔树勋说的不是没可能，可没有抓到人就不能指认。田校长说："我们中间没人挂猪尾巴，学生又没有猪尾巴挂，那谁挂的猪尾巴呢？我们就不知道了。"

　　田校长这么说教员们都明白，大家一口咬定猪尾巴与学校无关，谁知道吉野在校外得罪了谁？

　　级任老师回到班级，对学生们说："一个校外的人夜里进了学校，偷走了吉野先生的灯笼穗子，挂上了猪尾巴，你们有谁看到这人长什么样子吗？"学生们互相看了看，都摇头，又大声说："没有。"级任老师点点头说："你们有谁看到这个校外的人，记得要报告给校长。"

　　田校长去了宪兵小队看望吉野，小泉说吉野去了县城日本医院接骨。他回来先跟教员们传达了消息。最高兴的是六年级学生，下午操练课不用上了。直到放学吉野也没回来，猪尾巴完全臭烂，"吉野寮"里苍蝇嗡嗡乱飞。

　　熄灯前胡凤山问陈铁血："你说猪尾巴会不会是大老杨夜里挂的？"

　　陈铁血嗤一声笑了："怎么会是大老杨？大老杨指挥千军万马，那是杨司令。吉野一条小爬虫，最大本事是使点下三烂手段，跟咱这帮黄毛孩子摔摔跤。大老杨真来了双羊镇，还会费劲巴拉挂猪尾巴臊他？早一枪毙了他。"

　　"管他呢，大家快躺下，铁血接着说书，好不容易吉野不在家。

铁血,你多说两段。"张执一催大家早躺下熄灯听书。

"今儿晚上不说戚继光了,我给大伙说说大老杨吧。《梨树沟杨靖宇伏击邵本良》,这段书是我爷新编的,我爷打哪儿听来的他没说,他只说大老杨这人可老神了……"

第十一章

吉野从县城医院治伤回来，屋子里散发着腐烂的臭味。

屠夫是他的第一怀疑对象，但大久不要吉野调查猪尾巴事件，这件事对于日本军人是耻辱，不要让耻辱风一样到处刮。吉野不敢不执行大久的命令，一个人咆哮了几天不了了之。

吉野的右手腕吊在脖子上，断指更加显眼，他便将四根手指握成拳头。吉野明面上收敛了不少，学校也暂时安宁些。

双羊镇人得知吉野摔断了手腕，纷纷说遭了报应，哪能摔孩子跟摔麻包似的。李大飞的爹娘最解气，特意买了一串鞭炮让李大飞放。韩先生不信是真的，解气归解气，放鞭炮不大可能，李大飞家买不起鞭炮。

吉野看见木刀就想起落满苍蝇的猪尾巴，耳边尽是嗡嗡声，鼻子总能闻到烂猪尾巴的臭味，这让他胃口大败，饭也吃得少。他收起了木刀，藏到了哪里谁也没看见。

断了手腕的吉野依然是吉野，脸上阴森森的，不知道在琢磨什么坏主意，学生还是有七八分怕他。他从陈喜安那儿找到了竹扫帚，抽出了一根细竹条，在学校里挥着竹条晃荡。哪个学生走路难看，或向他敬礼慢了，或他觉得学生眼神怪，或干脆就是他那一刻心情不好，啪就抽一条子。

学生们惹不起躲得起，都绕着吉野走。没学生可以抽打，吉野抽柿子地篱笆外的蒿子，一条子抽过去，蒿子尖齐刷刷断掉。学校犄角旮旯的蒿子，全让吉野给剃了平头。

高年级操练课又改回体育课，陈喜安又带学生跑起了圈。吉野骂陈喜安是头蠢驴，气得手脚乱颤、鼻翅忽闪。陈喜安没家没业的，不怕死活，加上吉野手腕断了，不大把吉野放在眼里了，吉野气得干哼哼也拿陈喜安没辙。

吉野手腕总有一天会好，操练课还是要上。六年级学生不大担忧，再过一个多月，他们就高小毕业了。五年级学生忧虑不减。四年级学生已在恐惧中，过了暑假他们就五年级了。只有田少康不怎么怕，他的同学说："吉野也会摔趴你。"

"我爹有番茄。"

"你别忘了，柿子地里种的啥？再过几天柿子有的是，稀罕你爹送的一筐半筐？"

这么一说田少康才有些怕，不过他很快又说："除了番茄，我爹还有别的。"

最冷静的学生是张执一，他一直在想应对摔跤的事。吉野手腕意外摔坏，这是个难得的机遇。他对陈铁血说："陈铁血，我们要偷摸练习摔跤，等吉野手腕好了，就能摔趴他了。"

胡凤山看热闹不嫌事大："陈铁血，你要笨鸟先飞，抓紧学摔跤。吉野伤好了，养得膘肥体壮，摔人更狠。"

张执一给五年级舍友开了会，他说："每人每顿饭省下一口窝头，陈铁血每顿饭多吃一个窝头。窝头顶饿不长膘，我们还要集体攒钱，给陈铁血买驴肉火烧。光长肥膘不练摔跤也不行，周六放学我们找个地方，陪陈铁血练摔跤。崔宝义，你跟吉野体型很像，你当吉野，跟陈铁血多摔。吉野摔跤招数我记下来几式，你用吉野招数跟陈铁血摔。"

说罢举手表态，张执一带头举手，一个接一个都举了，崔宝义没举手还嘟嘟囔囔。

"崔宝义，你是不是不想一起？"

"少吃一口窝头，攒钱给陈铁血买火烧，我都赞同。只是陪陈铁血摔跤，我怕疼。"

"也不是你一个陪摔，只是你身形跟吉野像，多陪陈铁血摔。"

"我还是怕疼。"

"怕疼？要不你去跟吉野摔，我们陪你练，我们不怕疼。"

崔宝义使劲摇头，说："陈铁血陪我摔，和我陪陈铁血摔，还不是一样疼？我见着吉野腿肚子抽筋，还是陈铁血去摔，他见着吉野不怵头。"

张执一乐了，别的同学也乐。

"陈铁血你可别真摔我。"一句话把大家逗乐，他又说，"张执一，你说我跟吉野体型像，我哪里像？我哪有吉野长得胖！"

"你没有吉野胖，好歹比我们胖些。

他们同学五年，张执一最了解崔宝义，胆子和心眼一样不大。崔宝义心眼不大，可没坏心眼，不招人烦，人缘也好，同学都爱跟崔宝义一块儿玩。

张执一也觉出有点不公平，又说："崔宝义，你陪陈铁血摔跤，不用省窝头了，买火烧钱也不要你出，你那份算我头上。"

"我陪陈铁血摔跤，窝头和钱我也出，不过我跟吉野体型像，可别真把我当吉野就行。"

胡凤山凑过来，他说："算我一份，我少吃一口饿不死。陈铁血要多吃一些，力气多一分是一分。"另外三个六年级学生附和胡凤山，也说省吃一口窝头。这一来二舍人都省窝头给陈铁血吃。

"我不会白吃窝头，我能摔趴小日本儿，把吉野左手腕也摔断。"

"一定要保密，谁说出去谁就是街上的田宝三。"张执一最后叮嘱。

不能上操练课的吉野，把心思都花在了柿子地上。他坐在陈铁血坐过的南墙根，像个阔老爷似的，兴致勃勃地看韩先生带着学生给柿子秧搭架子。

韩先生给学生讲古文呀、中国地理呀、中国历史呀没那么方便了，好在吉野还有别的事要做。韩先生趁吉野去忙别的，在柿子地里给学生"补课"。

韩先生琢磨出个"写字本"来，平整了三尺见方的一块地方，筛了一层细土面，学生在细土面上写字，写完用手掌一抹，吉野突然袭击也找不到蛛丝马迹。"写字本"还能反复用。学生回村子当小先生，也用上了这样的"写字本"。

柿子秧全上了架，花一朵一朵地开了，结了很多米粒大的青柿子。吉野每天光顾柿子地的次数也多了。这天下午他看了很久柿子秧后，慢吞吞地在南墙根站起来，喊了茂生来柿子地。

吉野要茂生当记录员，柿子地有多少棵柿子秧，开了多少朵花，结了多少个青柿子，熟了多少个红柿子，每天都要记录在册。

打第一天记录起，茂生便没想过作弊。从第一棵柿子秧数，一直数到最后一棵，记下多少朵花，小青柿子多少个。红柿子还没有，茂生也规规矩矩记了个零。吉野头一天看记录本，便夸茂生记得好。

每天晚饭后是茂生的记录时间，一棵一棵柿子秧查看记录，又新开了几朵花，又结了几个小柿子，柿子秧有没有生虫子啦，叶子有没有坏掉啦，清清楚楚记在本子上。记完送到吉野办公室的窗台上。吉野看完了将本子放在原处，第二天茂生拿回来去柿子地做记录。

"这个吉野鬼精,一个茂生替他把柿子地管了。"韩先生跟田校长说。

"吉野看透了茂生。茂生这孩子呀,亏他那么聪明,咋一个心眼听吉野话呢?多记一个少记一个又能咋?吉野又不会一棵一棵去数。"

"茂生是一个心眼,可不见得心中没数。"

"这帮孩子命不好,上学年纪赶上日本人来了,再努力学又能做什么?考上学也还是在日本人眼皮底下念书,能念出个啥来呢?多少孩子让日本人唬得不知祖宗是谁,问起来竟不知地球上有中国。"

"得让他们记着自己是谁。"

"无论多艰难,哪怕再来十个吉野,我们教出的学生,起码要会写中国字,会说中国话,知道自己是中国人。"

"老兄,我记得牢了。"

"还有柿子地,吉野想吃柿子让他吃去,不计较那几个柿子甜了谁的嘴巴,在柿子地里多教一个孩子,让孩子多识一个汉字、多背一句古诗,甜过一筐柿子。"

周六中午放学回家,陈铁血和张执一、崔宝义一帮同学一起走,路过大柳屯,他们进了一片杨树林。林中有一块开阔一些的草地,以前他们也常在树林里歇脚耍闹。

最瘦的朱三年望风,余下的轮番陪陈铁血摔跤,摔了几回,一个个都摔趴在草地上。张执一说:"陈铁血,一个摔一个,我们摔不过你。你摔我们一百回,摔到老秋你也摔不过吉野。这样吧,我们两个摔你一个。"

崔宝义头一个举手赞同,他让陈铁血摔趴了两回,倒在地上耍赖不起来。两个摔一个陈铁血没把握。张执一说:"你一个人摔不趴我们两个人,你肯定也摔不趴吉野,我们三个、五个捆成把儿,也不抵一个吉野。"

"我不怕摔,摔疼了你们别哭。"

"还是别太真摔,我不抗摔。"崔宝义怕疼。

"崔宝义,你闭上嘴。数你身上肉最厚,你还喊疼,泄气不泄气?"

崔宝义让张执一说得脸红,不在地上放挺儿了,起来喊张执一摔陈铁血。张执一看崔宝义来劲了,跟崔宝义并肩拉好架势。

张执一瞅准陈铁血胳膊,向前跨一步,架住了陈铁血的双臂。崔宝义趁机溜到陈铁血身后,搂住陈铁血后腰,俩人一前一后较劲。陈铁血顾前不能顾后,他想甩开崔宝义,腰上用力抡了几抡,由于崔宝义长得敦实没抡动。张执一还是死死抓着陈铁血的胳膊。陈铁血腰上甩了几回,再也用不上劲。三个人僵持了一会儿,陈铁血缓上一股子劲来,原地转圈,还想将崔宝义抡出去。崔宝义双脚离了地,双手十指紧扣,将陈铁血当成风车轮子。抡了几圈,崔宝义身子快与地面平行,真成了风车的扇叶子。这时崔宝义绝不会撒手了,撒了手飞出去会摔成寡鸡蛋。崔宝义十指打了死结,胳膊断了也不会松开。张执一随着陈铁血转着圈,见陈铁血越来越力衰,顺势向前一扯。陈铁血双腿没有扎住地,张执一又用上了蛮力,身子便随着张执一向前抢。张执一脚下一个绊子,陈铁血摔了个狗啃屎,崔宝义也压在陈铁血身上。

陈铁血趴在草地上呼哧带喘,崔宝义半拉身子压着陈铁血。张执一赶忙喊崔宝义:"崔宝义,你快站起来,你拿陈铁血当炕睡了?"

"让我闭会儿眼,陈铁血差点把我抡吐。"

余下同学拉起崔宝义和陈铁血,一块儿坐在草地上。陈铁血说:"第二回合,崔宝义在前,张执一在后。"

崔宝义还在晕,闭着眼说:"为啥?谁前谁后还不一样摔。"

陈铁血大喘了几口气:"你像吉野,我看着你摔来劲。"

几个人喘匀了气,陈铁血张罗摔第二回合。

崔宝义没有张执一个子高,没选择和陈铁血架胳膊,他从前面搂住陈铁血的腰,身子往下一弓,将陈铁血扛上了肩。张执一抓住陈铁血脚脖子一掀,陈铁血摔了个仰八叉。

张执一去扶陈铁血,埋怨崔宝义用力过大。崔宝义不服张执一埋怨:"说好的真摔,不真摔能练出啥真能耐来?"

"怕摔我就不是陈铁血,这点力道都架不住,还咋去摔吉野?"

余下同学分成几个二人组,轮番跟陈铁血摔。陈铁血只赢了一组,力气耗光,胳膊腿突突地打战,歇了好一会儿才起来穿衣背包,拍打尘土,一起出了杨树林往家走。

一路上想着用啥法子能摔趴吉野,蔫儿吧唧的朱三年突发奇想:"弄点巴豆给吉野泡水喝,陈铁血再去摔,准能摔趴吉野。"大家都说这主意不咋的,日头底下放了三天的豆腐,真叫一个馊。

"我起早爬半夜地练摔跤,迟早会摔趴小日本儿,连个独眼吉野都摔不趴,我哪有脸上山去找大老杨?"

"陈铁血,摔趴这事急不得。韩先生说得对,小日本儿不是一天能赶走的,吉野也不是一天能摔趴的。只要不怕摔,一直摔下去,总能摔趴他。"

陈铁血看了看说话的张执一,又看了看他的同学,说:"摔不趴吉野,我不叫陈铁血。"说罢,他独自拽开大长腿,大步流星地先走了。风鼓起他的破布衫,尘土在他身后飞扬,背影飘飘像一个大侠。

第十二章

上边下了新训件,庆祝"一德一心日",要搞得"特别地像个节日"。一加一等于二,二号、十二号、二十二号是每月的"一德一心日"。在这一天要上朝会,校长要讲话,日本主事要训话,学生有一点不守规矩,惩罚比平日加倍。

田校长好几回想把训件撕碎,或者拿去茅房当擦屁股的纸。

"节日,狗屁!"田校长一个人骂了好几回。

田校长消极对待训件,吉野却像得了圣旨。手腕摔断后,吉野瞪着独眼干横,总觉着气不够壮。

"一德一心日"赶上周一,一早到校画看板来不及。吉野说一大早便要有"节日"气氛,他要茂生周日画好板报。手腕骨折也没耽搁吉野周末回城训练,他依然野心勃勃想回到战场。他要周一早晨才回来。

周日茂生来画板报,进校门时韩先生在打太极拳,说来太极拳也是日本人禁打的。茂生忽然觉得此刻进门不妥,他刚想要躲开,韩先生收了招式喊茂生。

"先生,我忘了些东西,要回家再去拿。"

"你要画板报,秦老师把彩粉笔留在了我这里,你还有什么东西忘记了呢?"

先生书读得多,写得一手好字,这都是茂生想要做到的样子。茂生尴尬地笑笑:"先生,我看了不该看的。"

韩先生没接茂生话茬儿,说:"茂生,粉笔在窗台上,你去拿来画板报,我打完了拳来看你画。"

这么大一片柿子地,他长这么大头一回见。韩先生那么恨日本人,为啥还要给吉野种柿子呢?柿子地的秘密茂生也有耳闻,但他从不去打听。韩先生到底是个怎样的先生呢?站在柿子地门口,茂生好久没有回过神。

板报图样吉野画在了纸上,右侧三分之一的《论语》暂停一期。整块黑板左边竖写"日满亲善",右边竖写"王道乐土",上方居中"一德一心",左半边横写"大日本帝国万岁",右半边横写"大满洲帝国万岁",正中一面日本膏药旗,黑板底部画花画草,所有文字都用双语书写。茂生看在眼里刺扎在心上,画了他就是学校的田宝三,他不想当田宝三呀。

韩先生来看茂生画板报,见茂生傻呆呆地愣着,便说:"茂生,画呀,别愣着不画。"茂生脸皮僵硬,问先生:"他们会占了中国吗?"韩先生盯着茂生,说:"蛇吞不了象,猴子也称不了大王。"

茂生手指甲不停地抠着粉笔,说:"先生,我记住了,蛇吞不了象,猴子称不了大王。"

"茂生,你懂这个了,你就大大方方画,一块板报亡不了中国。每一个方块字都是咱的祖宗字,识得祖宗字,就忘不了本。每一个字都要写得方方正正,字要是写坏了,咱对不起祖宗。"

韩先生没再看茂生画板报,他去了柿子地。有了"黄河"还不够,要再挖一条"松花江"。再等上几天吧,柿子地里也会有"长江"奔流。这是韩先生一个人的秘密。

韩先生打开了茂生的一点心结,他把每一个方块字都写得方方正正,哪个写得不顺眼不够力道,就擦掉重写。

"字,还是方方正正的才好看。"茂生边写字边想,"这么好看的字,写坏了对不起祖宗,忘了更对不起祖宗。"

最后画"日之丸"膏药旗,白粉笔涂出个长方形,湿抹布擦出一个圆来。茂生用红粉笔涂满圆圈就画完了,他捏着红粉笔迟迟没动手,又想起"日之丸"饭来。

"该死的日之丸。"

吉野要求明天每人带一盒"日之丸"饭。一个长方形饭盒,蒸一盒白米饭,中间镶一个红丸。中国人吃大米是"经济犯",而高粱米黑红黑红,咋煮也煮不白,哪儿去弄白米饭?吉野又说"日之丸"要白,不白就是不敬。出门前茂生娘还在唉声叹气,茂生的白米饭还没着落。

"日之完，日之完，小日本儿要玩完儿。"

茂生用白粉笔在圈里写了好些个"日之完"，每一个都写得极用力。他没有擦掉"日之完"，直接用红粉笔涂满黑圈，看了一看，没什么破绽。

与韩先生告别回家去，经过吉野办公室门前，他又小声念了三遍"日之完"。

茂生娘正用青砖搓高粱壳，米芯子看上去有了点白色。茂生进门没多说话，坐在地上帮娘搓高粱，搓完壳将白米芯盛在铝盒子里上锅蒸。揭锅盖时茂生和娘失望透顶，高粱米芯蒸出来不大红，但跟白米饭还差得远。

茂生娘掩面哭泣，茂生陪娘坐在门槛上，拉了拉娘掩面的胳膊说："娘，我不去上学了。"娘冷不防给了他一巴掌，大睁着糊满泪水的眼睛说："雅珍为啥嫁人你不知道？你还说不去上学了，对得起你三妹？"

茂生最怕说到三妹，雅珍嫁去胡椒屯还没回过家。茂生想三妹，想跟刘兴财打听三妹，近来因茂生太听吉野话，刘兴财不爱搭理茂生。茂生跟爹说要去看看雅珍，接回来住几天，想三妹了。他爹说雅珍在刘家顿顿肉面粘牙，你一个饥的就别惦记人家饱的了，还是好好上你的学吧。茂生想说雅珍在刘家受苦，舌头打了几个卷还是没说出口。

挨了娘的打，茂生没有觉得委屈，要说委屈三妹才委屈。

他躲在屋子里看课本,娘呜呜的哭声让他看不下去。茂生将手指肚蘸了唾沫,在桌上写了大大的"日之完"。

茂生爹做工归来,看见饭盒里的高粱米饭,知道"日之丸"还没有白。爹娘守着饭盒发呆了一个晚上,茂生很想再说不去上学,又怕说了爹打他更狠。

茂生忽然想到了法子,往熟饭上撒些白粉笔灰,"日之丸"不就白了吗?他爹说:"撒了粉笔灰,白是白了,饭咋吃?"

茂生说:"那就撒点能吃的白粉子。"

爹说:"茂生脑子不赖,撒一层能吃的白粉子。"

娘说:"上哪儿去找能吃的白粉子?"

这又作了难,是啊,上哪儿去找能吃的白粉子?没有白面不说,有了也不敢撒,大米白面都是细粮。高粱面黑红,苞米面焦黄,荞麦面紫红,上哪儿去找不是白面又能吃的白粉子呀?

茂生又想到了粉面子,地瓜粉面子比白面还白。可又上哪儿去找地瓜粉面子呀?一波一波都是难题。爹娘商量了一番,茂生爹舀一斤苞米去了西羊屯杨家粉坊。

后半夜茂生爹换了三两地瓜粉回来,灯底下一照,真是个白。来不及睡觉,又要给茂生准备早饭。高粱米饭回锅蒸热,晾凉一些撒上地瓜粉,粉白粉白的,茂生和爹娘心才落地。

一颗泡发的大红枣,竖着插进饭盒当央儿,做成了一盒白白的"日之丸"饭。茂生爹用根马莲草将饭盒十字花捆上,要茂生捧着饭盒去上学,饭盒扣过来"日之丸"就不白了。

上学路上同学多起来,只有陈铁血空着手。吕广大问陈铁血饭盒哪儿去了,陈铁血说中午饿肚子。张执一说:"陈铁血,我这盒子饭你吃,你不能饿着,饿掉了膘,前几天多吃的窝头就白吃了。"

"要吃'日之丸',我家穷,不吃总可以吧。我饿一顿没啥,你给了我吃,吉野会找你麻烦,你没有我抗摔。"

"你没带'日之丸',吉野也会找你麻烦。"

"他不会,一只胳膊摔不过我。"

吉野穿了熨烫过的军装,又挎上了大木刀,胳膊上没有打绷带了,也没有吊胳膊,仁丹胡抹过油,阳光下黑药丸子更是油光锃亮。看上去似乎比往日面善些,没有在校门口找碴儿。

朝会过后全校大扫除,各班分片分拨打扫卫生。擦桌子的擦桌子,扫灰的扫灰,洒水的洒水,倒垃圾的倒垃圾。热热闹闹用去了两节课,学校一下子新了不少,充斥着水洒尘土的味道。

茂生回到座位等待上课,看了一眼饭盒,马上觉得不大对劲,再细看发现草扣解开过,心猛然一紧。大扫除茂生被分去打扫宿舍,有一节课不在教室。

茂生解开草扣,悄悄打开盒盖,"日"还在,"丸"不见了。他的脑袋仿佛挨了两锣锤,嗡嗡响得头皮酥酥麻麻。这节课上完该吃午饭了,全校学生带饭盒在操场集合,吉野要挨个检查"日之丸"。"丸"没了，吉野不知会冒多大火，加个"反日"罪名，抓去宪兵队要灌洋油，还有喝不完的辣椒水。

茂生没抓住偷红枣的人，又不能挨个儿问，便顾不得上课钟要敲响，捧着饭盒去了黄泥斋。韩先生正在写笔记，见茂生捧着饭盒闯进来，浑身哆哆嗦嗦，饭盒险些摔在地上。

"茂生，咋了？还没到午饭时间。"

"先生，'丸'被人偷了。"

"什么丸？"

茂生打开饭盒给韩先生看，韩先生便懂了"丸"，明白茂生为啥哭得哆嗦。还好茂生及时发现，如果是在操场上打开饭盒发现"丸"没了，吉野得把茂生打个半死。

"早晨还在，一颗枣，扫除回来没了。"

茂生的"丸"让同学拿了去，想捉弄一下茂生，让他在吉野面前丢丑。"不知深浅，这么闹要出人命。"韩先生有些后怕。估计是谁看了茂生画的板报，气不过，拿茂生出气。

韩先生一时也找不到红色东西当"丸"，还是要找回拿走的那个"丸"。他先让茂生回去上课，饭盒留在黄泥斋，下课管保有"丸"。陈铁血见茂生回来，眼角带着泪，韩先生又在室外招手喊他，心中也有了个八九。

回了黄泥斋，韩先生指着"丸"窝窝问："是不是你拿走了？"

"先生，我没拿，我拿了我是虫子。"

"你没拿,还有谁有这个胆子?"

"我跟先生不撒谎,我真没拿红枣,班上那么多人,谁都可能拿。"

"我还没说是红枣,你咋知道是枣不是别的?你没拿,也知道谁拿的,你快说出来,一颗枣不大,会害死茂生的,茂生又没惹着谁。"

"板报不是茂生画的?字不是茂生写的?还写得那么周正。"

"孙茂生不写板报,也有王茂生、李茂生写,日本人一天不走,那板报一天不会空。字写周正是我告诉茂生的,方块字是咱祖宗字,写不好对不起祖宗。"

"他还死心塌地给吉野做记录,一个柿子不差,记得清清楚楚,一个柿子也别想偷吃到。"

"吉野要他记,茂生敢不记?吉野要是找张执一记,张执一敢不记?这不能怪茂生。"

"不会胡乱记一下,糊弄糊弄小鬼子?"

"我们可能都误会茂生了,他只是不想惹毛了日本人,想念个书而已,他记着自己是中国人。"

"先生,我没怪茂生,怪茂生的是别人。你说过要照顾茂生,先生的话我记得牢,我真没拿那颗大红枣。"

"谁拿了?"

"崔宝义。"

"你去喊崔宝义。"

"崔宝义可能把枣吃了。"

"吃了？"

"我说可能，崔宝义嘴馋，好吃的到他手眨眼准进肚子。他有个弟弟叫崔宝仁，他疼他弟弟，也可能藏着没吃，给他弟弟留着。崔宝义偷枣不光是气，也是馋，他想吃枣。"

"你快去找崔宝义要枣，这颗枣是茂生小命。"

陈铁血也知道这枣不那么简单，关联着茂生的小命，连忙回教室去。韩先生哭笑不得。陈铁血回来了，我的老天爷，幸好还剩半个枣。陈铁血托着半颗枣说："先生，崔宝义吃了一半，估计这一半是给他弟留的。"

韩先生大松了一口气，说："陈铁血，茂生不坏，你们要护着他，他只是想好好上学，一个学生想好好学习总没错。"

"我听先生话，我护着茂生。"

下课前突然下了大雨，暴雨如注，喝碗粥的工夫操场积满了黄汤子。计划好的操场集体吃饭只好作罢，改在教室里等候训话再吃。

走到五年级，午饭时间过了很久。看过每张桌上的"日之丸"饭，还是茂生的最白。吉野在茂生的饭盒前停留了一下，茂生无比紧张，生怕吉野发现他饭上撒的是地瓜粉。等到吉野走开了，茂生的鼻尖已挂上了汗珠。

吉野走到陈铁血近前时，陈铁血主动报告，家里穷吃不上午饭。吉野有点要发火，但还是忍住了。他走上讲台开始了训话。一箩筐废话说到五年级他也累了，训话有些走调儿，最后说到感谢天皇赐饭之恩，又声如打铁狠敲鼓，锵锵咚。

第一排的林天佐鼻子上落了一只苍蝇。林天佐紧张得要命，手背在身后，身子正直听训话，默念着苍蝇快些飞走，而这只苍蝇相中了他的鼻子，落着不飞走了。鼻子那个痒痒呀，他努力让自己不去想痒痒，可这痒痒不是不想就不痒。疼好忍，痒难忍。这苍蝇还不是趴着不动，细腿在鼻尖上搔弹，弄得心都跟着抓挠。林天佐鼻尖耸了一耸，苍蝇飞走了。吉野正说到感谢天皇，独眼正扫见这一耸，冲下讲台，左手掌挂风拍了过来。林天佐应声倒地，随即晕死过去。

吉野还要打林天佐，韩先生拦住他。吉野怒目而视，韩先生没有报以怒目，他把半边脸歪给吉野："林天佐是我的学生，你打我。"

韩先生脸歪过去时，他的巴掌也运足了劲，吉野敢打就一巴掌拍回去。陈铁血从座位冲到前面来，抱起林天佐。他的拳头也握紧了，吉野敢打韩先生，他就跳起来和吉野对打。吉野将巴掌晃了三晃，左胳膊一甩，骂咧咧地走了。

韩先生弄醒了林天佐，喊上几个学生抬去黄泥斋。陈铁血脱了布衫，让俩同学扯起来给林天佐挡雨。大雨停了，丝丝雨线还在扯着。韩先生没叫张执一去黄泥斋，嘱咐他看着同学快些吃饭。

林天佐右耳听不见了，还渗出血来。韩先生问了林天佐哪儿疼，林天佐头晕起来。过了好一会儿，右耳还是听不见。这一巴掌打得太重，得赶快去看耳朵，不能就这么聋了。

陈铁血去找秦老师借了雨伞，他背着林天佐去了中药铺。胡老先生诊过，一句"耳朵怕是聋了"，让韩先生心比雨凉。林天佐是自己的学生，当着自己的面挨了吉野一记耳光，自己这个先生没当好。他出钱给林天佐抓了药，求了一辆毛驴车，把林天佐送回了家。

韩先生从林天佐家回到学校，雨还没停，淅淅沥沥下得人心焦。天还麻麻亮着，五年级住宿生在雨檐下站成一排。他撑着秦老师的黄油布雨伞，看见雨檐下那一排等他的学生，满地泥水样乱糟糟的心情清亮了不少。

第十三章

一场突如其来的雨，把"节日"气氛浇成了一锅黄汤。

吉野打晕了林天佐，怕他是不怕，打死了人也有人为他开脱。只是生气这"日之丸"饭，没在操场上集体吃不说，在教室里也吃得一塌糊涂。心情坏掉的吉野跳着脚走过泥水坑，独眼看路还是受限，明明往水浅处跳，落下去却是一个水坑；好歹走到办公室门前，战斗帽、军服、马靴，一下子泥一下子水的。最出丑的是他的木战刀，染料淋了雨后，弄得腰上黑乎乎一片。

一个下午吉野都在办公室生闷气，时不时拳打桌子、脚踢板凳，叽里呱啦的骂声隔着淅淅沥沥的雨传进教室。学生们听不清他骂什么，每一节课都上得心惊胆战。

学生们集体站在雨檐下，说是等待他们的先生，更像一次抗议和示威。吉野本想将臭掉的心情发泄出来，可又实在找不到什么理由。更重要的是，那不是一个学生，不是一个人，是一群人。

一夜过去，吉野心情更糟。大雨泡了柿子地，柿子秧东倒西

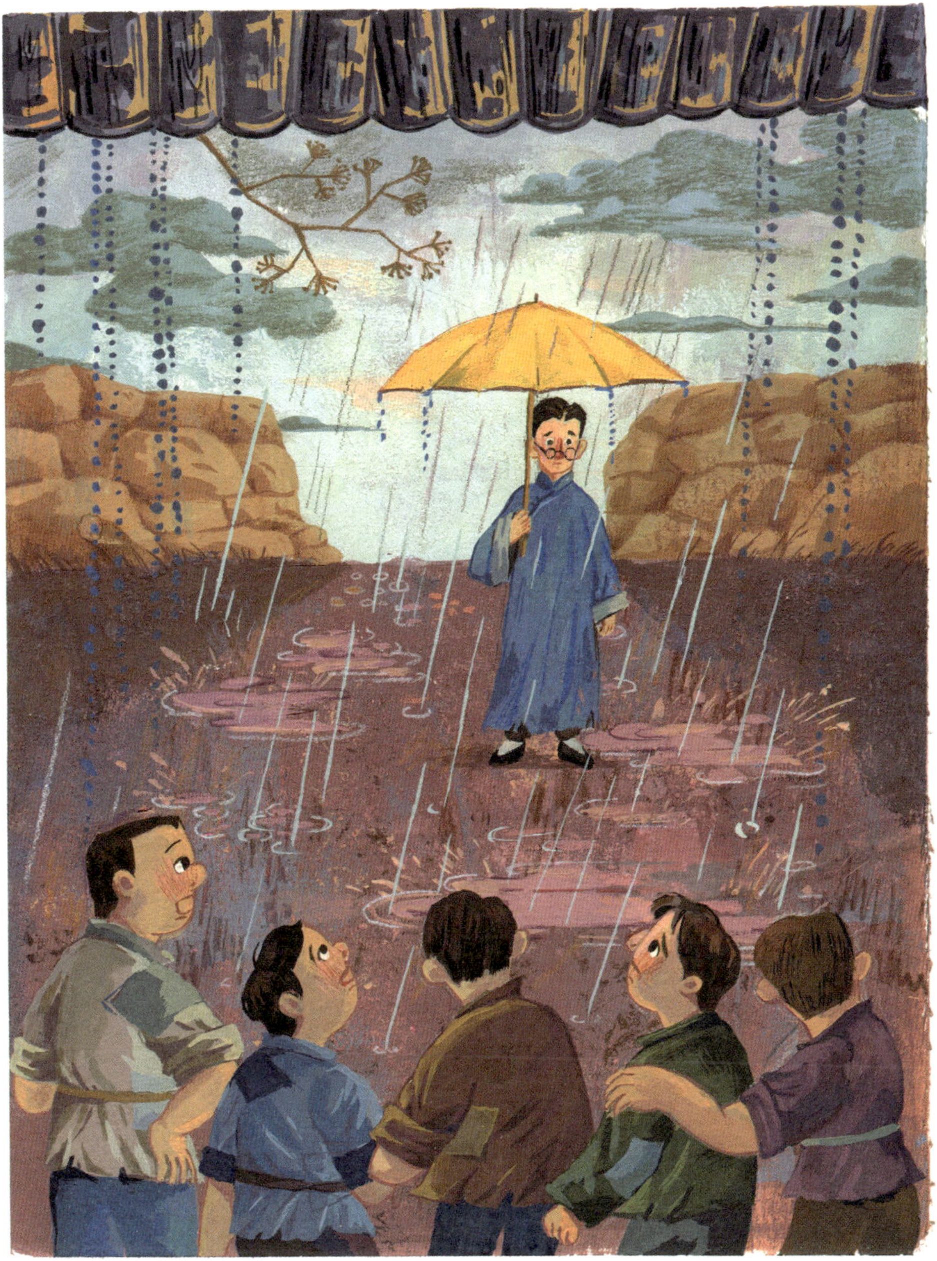

韩先生从天佐家回到学校，
雨还没停，淅淅沥沥下得人心焦。
天还麻麻亮着，
五年级住宿生在雨檐下站成一排。
他撑着秦老师的黄油布雨伞，
看见雨檐下那一排等他的学生，
满地泥水样乱糟糟的心情清亮了不少。

歪，柿子花和小青柿子落了一地。地里还积着不少水，也不知这个韩先生白费力气挖两条曲曲弯弯的垄沟做什么。

吉野来找韩先生，让学生们扶起倒在地上的柿子秧。韩先生说看过了柿子地，扶是要扶，但要等水干了才行。

"吉野先生，我和我的学生很愿意现在就扶，可一地的泥水，脚会陷进去，番茄园也会被踏烂。"

吉野接受了韩先生的话，心情又糟糕了三分；看见窗台上晾晒的军马靴，水泡过又在太阳下晒，马靴皮子变得抽抽儿，心情又糟了两分。吉野带着十五分的坏心情，在办公室接着生闷气。

接下来两三天，雨下下停停。太阳晒过半晌，雨又哗啦啦来了。韩先生看看天，是连雨天来了。柿子地刚见干的地皮，又积了黄汤水。

周四上午天终于放了晴，太阳也足，整个双羊镇在热气里蒸腾。雨水泡过腐烂发霉的气味，在阳光暴晒下越来越浓烈，充斥在镇子上赶都赶不散。

柿子地晒上两天，正好到了周末。韩先生冒出个主意，周末扶柿子秧，给学生上一节劳动课。周末吉野要回县城去，柿子地就是他们的课堂。平时的周末，学生不允许来学校找先生，那会被怀疑为"密谋"。

韩先生的主意得到了田校长的支持。韩先生去找吉野时，吉野脑子还是糊的，没多想便准了劳动课计划。从吉野那里出来，韩先生有些心花怒放。

揭示板上钉着一块遮雨板，下小雨能挡雨。大暴雨便不行了，大风吹得雨线乱舞，遮雨板也遮不了雨。吉野设计的图样被淋得脏不拉叽，没有一个字还完好，"日之丸"被淋得跟伤兵头上结血痂的烂绷带似的。太阳直射黑板，晒干了黑板上的潮气，学生们围着乱糟糟的黑板看，想笑又不敢笑。陈铁血个子高站最后，张执一挤在学生中间。

一个学生忽然说："日之完。"都以为他在说"日之丸"，没人回应他。他又说了两遍"日之完"，见还是无人回应，便伸手指着淋过的"日之丸"的"丸"。晒干了的"丸"几乎没了红色，看上去像个沤过的剥皮桃核。

"你们看，不是'日之丸'，是'日之完'。"

学生们都看向中间的烂"丸"，有影影绰绰的白字印子，仔细看有好几个"日之完"。学生们互相看了几眼，小声说："日之完。"陈铁血声音大很多，他本来就高，脖子向前伸，鹅叫一样："日之完，日之完……"

张执一脑子灵，马上想到这字是茂生写的。雨水冲花了红"丸"，露出下面淡淡的白字痕来。吉野看到这些字还了得！学生们一哄二嚷，一会儿准传到吉野那儿去。看板报的学生中有田少康，这个小假洋鬼子，简直就是个小田宝三。张执一挤到最前面，背对着那个烂"丸"，像老师站在黑板前讲算术题，说："吉野来了。"

学生们听说瘟神来了,一哄而散,个个生怕跑得慢。张执一用后背在黑板上来回擦,像牛在树上蹭痒痒。他的后背成了黑板擦,等学生们发现没有吉野,大多数人没了兴趣再回来看。陈铁血没跑,他说:"张执一,你咋给擦了?还有好多人没看见。"

张执一回头看了看那个"丸",已经擦没了白字痕,小声说:"你嚷嚷什么?这'日之完'是茂生写的,吉野看见咋办?"

"哦,对,是茂生。"

"别人不会去告密,怕就怕坏在田少康身上,他要去找吉野,茂生可完蛋了。他就算不去告诉吉野,回家告诉田宝三,茂生也够呛。田宝三讨好日本人,诬蔑说田校长和韩先生指使茂生写的,田校长和韩先生也会有麻烦。"

"小假洋鬼子敢告密,我摔他满地找牙。"

正说着,见田少康在操场上转悠,眼睛老往吉野办公室瞄。

"我去找他。"

张执一拉了拉陈铁血的布衫:"找他说事,不是摔趴。"

"我不摔他,吓唬吓唬他。"

田少康见了陈铁血像耗子见了猫,本想躲开,眼前正有一摊水。陈铁血一跨就跳过了水坑,站在了他面前。田少康给陈铁血敬了个礼,陈铁血看着田少康嘻嘻笑。

"你走开,我可没惹你,我敬过礼了。"

"你没惹我，是张执一找你。"

"我不认识张执一。"

"你撒谎脸都不红。"

"我自己去找张执一，不用你来传话。"

"他在黑板那儿等你。"

田少康无话可说，跳过水坑，走到了张执一跟前。不用单独跟陈铁血说话，田少康声调也高起来。

"张执一，陈铁血说你找我。"

"我不找你，陈铁血找你。"

"你见了我们俩，还没敬礼。"

田少康给陈铁血敬过礼了，他不想再给张执一敬礼。

"陈铁血，你想怎么样？"

"我不想怎样，是你想怎么样吧？你是不是要去告密？"

"我没想去告密。"

"你想去吉野办公室，我拦住了你。"

"我只想跳过那个水坑。"

"你骗不了我，你爹就喜欢告密。"

"我没想去告密。"

"你不告诉吉野，也会告诉田宝三。"

"我不会告诉我爹，他没空听我说这些。"

"你爹脸肿了吧？听说日本人打了他三十二个耳光。"

田少康脸红脖子粗，气得呼哧呼哧翻眼白。

"别听街上人瞎说，日本人才不会打我爹。"

"街上人没瞎说，许多人都看见你爹脸肿了，你爹说得了肿腮病，他不敢说让日本人打了脸。"

"日本人不会打我爹，我爹跟日本人好得很。"

"哈，你也承认你爹是假洋鬼子。"

"陈铁血，我告诉了我爹，我爹能把你抓进警所，有你苦头吃。"

张执一看着陈铁血和田少康斗嘴，抱着肩膀没插话。听田少康说要告诉他爹抓陈铁血，张执一才说："田少康，我不信你会说。"

田少康眼有些酸，他看着张执一说："你们不找我，我也不会说，我也恨起日本人来了。"

陈铁血哼了三哼："你都改了日本姓，做了原田干儿子，你会恨日本人？说破大天我也不信。"

田少康眼红了，有些要哭的样子，抽抽鼻子说："我跟我爹说不姓日本姓了，还叫田少康，我爹不让，他打了我。"

张执一不想田少康哭，他说："我爹也打过我。"

"陈铁血没瞎说，我爹是让日本人打了脸，当着我娘、我爷、我奶还有我的面打的。我爹在家宴请宪兵小队吃饭喝酒，喝了几杯酒，我爹嘴有些飘，说日本时没加'大'字，小岛抬手抽了我爹两个耳光。我爹挨了打还作揖，小岛打过了还不算，还要日本兵打,他们打我爹跟闹着玩儿似的。陈铁血说三十二个不对,是八个,四个人每人打了两个。打了我爹耳光还不算,还要我们全家跪下道歉。他们喝着我家的酒,打了我爹,还哈哈大笑。"

"你爹挨日本人打不屈枉,我们挨原田和吉野打才叫屈枉。"陈铁血愤愤的。

"这回你们信我也恨日本人了吧?"

张执一和陈铁血都点了头。

"我不说给谁,打死也不说,你们也别叫我小假洋鬼子了。"

田少康转身要走,又站住转过身来,给张执一敬了礼。张执一忙拉下田少康右臂:"刚才陈铁血和你闹着玩儿呢,咱们之间不来日本人那一套。"

陈铁血给张执一拍净后背上的粉笔灰。这时韩先生走了过来,他听见学生在议论"日之完",见陈铁血和张执一站在黑板前,田少康又刚眼泪汪汪地走开,猜到他们给田少康上过"课"了。

韩先生喊他俩进柿子地看水,听张执一说用后背擦了笔迹,还有田少康不会去告密,心里的一块石头才落地。吉野没有亲见,这事便不能坐实。

"张执一,还是你脑子灵,救了茂生。"

"先生,我临时起意,也吓麻爪了。"

"这事不要告诉茂生了。你们也多带着田少康玩,他跟田宝三不一样。唉,说到底,我还是最担忧茂生。"

"先生，茂生真的记着自己是中国人。我会护着茂生。"陈铁血拍了拍胸脯。

韩先生看了看陈铁血，笑了笑："你把你看成天神了，你护着茂生，谁来护着你？"

"有先生护着。"

韩先生重重叹了口气："先生也是个泥菩萨。"

去吃晚饭的路上，茂生走到陈铁血身边，看到没人注意，悄悄说："谢谢你，陈铁血。"

陈铁血也很意外，茂生从来不找他说话。陈铁血一时竟窘住，看着茂生先进了"饭寮"。

连着几天下雨，断腕又酸疼又痒痒，吉野的心思也懒了，只等着周末进城去。这个周六没等学生放学，吉野便离开了学校。

陈喜安敲过钟，学生各回各家。十七个学生留下上劳动课。学生没有午饭，韩先生拿了钱给张执一和陈铁血，去乌恩火烧铺给每人买一个火烧。

乌恩是蒙古人，个子不高，也不算胖，胳膊腿却轴实，常年烤火烧脸皮熏得酱黑。听说要买十七个火烧，乌恩以为两个男孩捣乱，张执一把钱递上来他才信。

"你们两个买十七个火烧吃不完，少买几个，明天再来买。"

"我们十七个学生，每人吃一个，韩先生请客。"

"哪个韩先生？"

"韩启愚先生。"

"你们韩先生大方呀,将来你们也要请韩先生吃呀。"

乌恩只收了十五个火烧钱,他说:"韩先生教会了我记账,以前我只会做火烧,他也是我的先生。"

张执一和陈铁血捧着火烧回来,把省下的两个火烧钱还给韩先生。

"陈铁血,你腿长,去把钱送还乌恩。他养家糊口,小本买卖,一天下来挣不了几个钱。"

陈铁血扯开长腿又跑回火烧铺给乌恩送钱。

"小兄弟,你帮我个忙吧,这两个火烧钱我收下,你带一个火烧给先生,算我请先生吃午饭。你只买了十七个火烧,你们每人吃一个,他晌午吃啥?"

陈铁血拍脑袋像老汉拍瓜,不埋怨自己埋怨张执一。张执一那么聪明也没算过这笔账来,先生没有火烧吃,他要饿肚子上劳动课。

陈铁血拿上乌恩送的一个火烧跑回来,说:"乌恩说那两个火烧钱他收下,这个火烧是他送给先生吃的,先生没给自己买午饭。"

吃完火烧进柿子地扶秧苗,地是湿的,树枝插进去不费力。崔宝义拔来一些马莲草绑柿子秧,柿子秧扶得很快活。扶一阵秧苗到树荫下坐会儿,陈铁血望风,韩先生说要讲一个外国故事。

韩先生背诵了一篇外国文章,都德写的《最后一课》。

"同学们,这个作家叫都德,法国人,他的祖国被普鲁士入侵,不允许再讲法语了,他写的正是这件事。小说里的汉麦先生上了最后一堂法语课。"

"先生,日本人也要我们讲驴子话,他们跟普鲁士没有两样。"

"日本人比普鲁士人更残暴。"

"您就是我们的汉麦先生。"

"不,我不是汉麦先生,可你们都是小说中的那个孩子。"

"先生,那个孩子叫什么?"

"叫弗朗士,在这片柿子地里,这个孩子也叫张执一、陈铁血、周世俊、崔宝义、朱三年……你们每一个都是小弗朗士。"

"先生,您有一天也会给我们上最后一堂国文课吗?"

"同学们,先生给你们上的每一堂国文课,都可能是最后一课。你们也要把每一堂国文课都当最后一课来听,不要学小弗朗士,在汉麦先生最后一课上才知道要好好学习母语。"

"先生,我们不做小弗朗士。"

韩先生激动地握紧拳头,眼里饱含泪水,与他的每一个学生对视。慢慢地,每一个少年的眼里也饱含泪水。

柿子秧的气味在濡湿的下午异常浓烈。

为什么他们的眼里充满泪水?因为这是本该属于他们的柿子地呀。

第十四章

吉野修剪了仁丹胡,军服用烙铁头熨烫得板板正正,军马靴擦得锃亮。大热天捂得一身酸臭味,一丈之外浓烈可闻。两只脚丫子奇痒无比,学生上课时他脱下马靴,在办公桌上抠脚皮。

这天傍晚,茂生来柿子地做记录,发现吉野蹲在柿子地里端详一棵柿子秧。吉野听见脚步声,扭头看了一眼茂生。茂生连忙向吉野敬礼,手上的记录本掉在地上,恐惧又增加了十分。吉野没有训斥茂生,捡起记录本还给了他。

"孙茂生,你记得很好,就这样记下去,一个都不能记错。"

"是。"茂生声音很大。

吉野微笑着看了看茂生:"你比那个陈铁血听话多了。"

吉野走后茂生手脚麻僵着,好一会儿发呆,忘了要干什么。

柿子秧长得茂盛,在柿子秧之间穿行会碰掉柿子花。茂生只得脱了布衫,在柿子秧之间爬。他脖子仰得酸疼,后脖颈都是麻的,汗水糊了眼,前心后背水洗一样,泥猴子一个。他不敢去井台打水洗泥,蹲在篱笆墙后拿草叶揩,揩不掉便搓泥球。

走出柿子地时天还没黑,张执一喊住茂生,找他一块儿玩游戏。茂生没想到张执一会找他玩,说:"你们玩吧,我还要去送记录本。"

"送完本子回来玩。"

"不了,我还要背书。"

"茂生,那几页书你早背熟了。"

"还不够熟。"

张执一知道茂生的心思,他还是不想和他们走得太近。

"茂生,我们都知道你心里想什么,我们大家都是一伙的。"

茂生眼圈微红,他懂"一伙"的意思。他说:"上次看板亏了你。"

"说啥呢,我们大家是一伙的。"张执一拉了拉茂生,"周末回家,一起走吧。"

"我喜欢一个人走。"

"你没有一个人走,你和吕广大一起。"

"我们只是搭伴儿走,不说话。"

茂生把记录本放在窗台上,门突然让吉野拉开了,茂生忙敬礼。吉野翻开记录本,居高临下问茂生:"孙茂生,番茄园有多少朵花?"

茂生在慌乱中搜寻记忆:"七百三十五朵。"

"青的多少?"

"二百一十二个,大的四十五,小的一百六十七。"

"半青半红的有多少?"

"十一个。"

吉野合上记录本说:"孙茂生,你是个诚实的孩子,你会得到我的奖励。"

茂生一头冷汗往宿舍走,庆幸自己记住了这些数字,说错一个,吉野便会认为所有数字都是糊弄他的。茂生恶心难受,吃下去的稀饭吐了。

六年级梁本尔不住宿了,二舍空出了一个铺位。陈铁血想让茂生搬过来住一起。茂生拒绝了换宿舍:"我是一德寮的寮长,我不能换走。"

陈铁血反感茂生说"寮",不再邀请茂生。换宿舍要经过吉野,说动吉野不是一件简单的事,还要韩先生或校长出面。茂生铁了心不想和他们亲近,不想吉野将他归到他们一拨里。

先红的柿子熟透了,挂在柿子秧上特别馋人。吉野要茂生早晨也进柿子地,专门数红柿子。这天早晨茂生数红柿子发现少了三个,他怕数错了,又数了几个来回,红柿子真少了三个。

"怎么办?"茂生一遍一遍问自己。

他先想到的是陈铁血半夜偷走了,他胡乱记一个数字,吉野也未必看得出来。少了三个红柿子,又有四个柿子红了,茂生多写一个红柿子就行。茂生笔尖几次落在纸上,都没有写数字。他真怕吉野发现丢了柿子,而自己又没如实报告。

茂生打不定主意，望向黄泥斋，或许韩先生能给自己一个好主意。正在犹豫中，韩先生开门出来，隔着篱笆朝茂生笑，慢悠悠地走来了柿子地。

"你看到了几个红柿子，就写几个红柿子，你发现丢了柿子，就如实报给吉野先生。"

"先生，柿子……"没等茂生说完，韩先生便制止了茂生。

"茂生，我们没人偷柿子。"韩先生故意把"我们"说得很重。

茂生听得一头雾水，韩先生如何知道他在为难？不过听得出韩先生话中有话，他和同学们没人偷摘柿子。这下茂生放了心，如实写了红柿子丢了三个，带上记录本去见吉野，当面报告丢了三个红柿子。

"我就知道，他们看着红番茄，不会安心睡觉。"

吉野去了柿子地，一下子就找到了柿子蒂。这让茂生很奇怪，多亏如实报告了，看来吉野对柿子地了如指掌。韩先生没有离开柿子地，他看上去专为等吉野。吉野指着三个柿子蒂暴跳如雷："一定是住宿生干的，良心大大地坏了，禁不住红番茄的诱惑，一群馋鬼。"

韩先生任凭吉野大叫大跳，馋鬼馋痨地骂了一通，然后说："吉野先生，这个贼很好找，偷番茄的人光脚丫子。"

吉野愣了一下，问："你怎么知道光脚丫子？"

韩先生走到一棵柿子秧跟前，用一块薄木片轻轻刮地上的土，刮出一个轮廓又吹去浮土。这是一个脚窝窝。连雨天就是这样,柿子地里总是不干,踩上去会有脚窝。韩先生刮出了贼的脚窝窝,吉野脸色有了变化,说:"这是小偷的脚印,小偷在住宿生里。"

"我早晨进番茄园,也发现了番茄被偷,用浮土填了脚印留证据。拿贼要拿赃嘛,有了这个也好追贼,咱不能屈枉了好人。"

"这是住宿生的一只脚。"

"茂生,你去把住宿生喊来。"

茂生喊来住宿生,在柿子地门口列队成排。韩先生说夜里丢了番茄,盗贼没穿鞋光脚丫子,让他们一个一个脱了鞋踩脚窝窝,看看谁是那个胆大不要命的。

"茂生,你先踩。"

茂生脚明显比脚窝小了一圈。住宿生一个接着一个踩脚窝窝,哪个学生也对不上。韩先生自己也脱了鞋袜,去脚窝窝那儿踩,韩先生的脚比脚窝更瘦长。韩先生穿好鞋袜,不慌不忙地说:"吉野先生,昨夜住校的人都要踩,您也要踩一踩。"

"这是我的番茄园,我自己想怎么吃就怎么吃,我干吗偷自己的番茄吃?"

吉野说等学生都来上学了,每个学生都踩一回。韩先生说要这么怀疑,整个双羊镇人都要来踩脚窝窝了。吉野鼻子里哼了哼,韩先生非要他踩一踩以证清白。

"我大日本帝国军人怎么会在你的面前脱鞋?简直荒唐。"吉野突然恼羞成怒。

吉野气哼哼地走了,他不再追查偷柿子的人。大家一下子猜出了谁是小偷——这个吉野坏透了,他贼喊捉贼,故意栽赃给住宿生。幸好韩先生棋高一着,才没酿成一桩柿子地冤案。

韩先生夜里听见柿子地有动静,掩住门偷眼瞧看,他担心住宿生不听话,偷柿子吃。一个黑影猫着腰从柿子地溜出去,回了吉野办公室。看来这是吉野设计了一个圈套,考验茂生,顺便栽赃给住宿生,或许目标就是陈铁血。

要说做偷摘柿子的贼,韩先生一直有这个心思。这满园柿子从育苗、移栽、施肥,再到上架、扶浇倒的柿子秧,都是他和学生们一起干的。起初答应种柿子他有把握摘到柿子,谁想这个吉野狡猾得很,让茂生每天数柿子。

午饭时吉野来"饭寮"吃柿子。他坐在最前面,面对着学生,将新摘的柿子放在手心里揉,揉得稀软,断了食指的右手拃住柿子,牙尖咬出一个小洞,撅着仁丹胡凑近小洞,吱吱吱地嘬起了柿子汁;嘬干了柿子汁水,一口咬破柿子皮,嘴角涂上红色浆汁,手指一抹抿进嘴巴,一小口一小口把柿子吃完。

韩先生看在眼里,嘲笑吉野心思毒,像个无耻的小丑。他说给田校长听,田校长说:"这个吉野,什么偷鸡摸狗的勾当都干得出来,你要提防吉野,他会记你的仇。"韩先生不以为意:"老兄,我没啥,你才最危险。"田校长连连摇头:"吉野还不敢把我怎样，我倒是担忧我的老师和学生们。"

韩先生看出了田校长的为难，后悔早晨在柿子地逞能让吉野难堪，这么做多少有些冒失。田校长看出韩先生在情绪中，他打心眼里敬这个远道而来的先生，没有韩先生，不知道有多少事要他独自去面对。想起韩先生常说的"少年如虎，何愁倭寇不除"，他握住韩先生的手，动情地说："少年如虎，这片地就还是我们的柿子地。"

第十五章

每天午饭吉野都要吃生柿子,他嗫柿子汁水时像个十足的无赖。学生们背后骂他馋鬼。吉野提出周末看护柿子地,这正中韩先生下怀。韩先生脚窝窝捉贼得罪了吉野,吉野跟韩先生倒也还客气着。这个周六他又是上午离校,摘了一筐熟透的柿子,送去宪兵队给大久队长。

中午放学韩先生留下了三个学生,周日安排了六个学生,上下午各三个人一组。韩先生拿出了珍藏的鲁迅的《野草》,书只有一本,韩先生忍痛拆开,让学生换着读书页。

"九一八"以前课本上有鲁迅的文章,之后日本人修改课本删掉了,更不允许私藏鲁迅的书。这本《野草》韩先生从板城带到了双羊镇,藏在黄泥斋的墙缝里。

在酷热的柿子地里,韩先生带着学生读《野草》时,陈铁血他们在大柳屯杨树林里进行着"摔趴计划"。

崔宝义捏捏陈铁血的胳膊,捏完张执一捏,然后是朱三年捏。

他们都有些失望。陈铁血的胳膊还那么细,每天多吃两个窝头,但一星肉没多长出来。陈铁血一脸愧疚:"要不你们别给我省了,长不出肉来我怪有愧的。"

"'摔趴计划'不能改,谁想退出谁退出,反正我不退出。"张执一很坚定。

"没长出肉来,也还是没白吃,我觉着胳膊还是长了力气。"

"长没长力气,摔几把就知道了。你摔我跟崔宝义,看那窝头是变成了屎还是长了力气。"

"会不会把陈铁血长出来的一点力气摔光了?那一个星期的窝头可就白吃了。"崔宝义说。

"崔宝义,别耍你的小心思,你是怕疼不想和陈铁血摔。人的力气只会越摔越大,胳膊腿越摔越壮实。"

"疼谁不怕?我又没说不摔。"崔宝义嘟囔,也脱了个光膀子,与张执一合力摔陈铁血,陈铁血果真比上周难摔趴。崔宝义半下里收了手:"窝头没白吃,陈铁血,你真长了力气。"

再上手跟陈铁血摔,陈铁血趴下两回。张执一和崔宝义也败了一阵,崔宝义脚下滑了,陈铁血抽冷子撂倒了崔宝义,回头又一个绊子撂倒了张执一。

这群孩子瘪着肚子,两两一伙轮换着摔陈铁血,直把陈铁血摔到力气全无,他们都说陈铁血比上周长了力气。

在草地上歇着,崔宝义和陈铁血斗口。

"你多吃了窝头,除了力气多了,还多了什么没?"

"除了力气,没觉得。"

"屎也多了。"

"瞎说,你咋知道?"

"没多吃窝头前,你几天去一趟茅房拉屎?"

"没在意。"

"以前你一周去茅房拉一次屎,多吃了窝头你一周去茅房拉两次屎。"

"我每天都去茅房,你咋知是尿尿还是拉屎?"

别的同学有些累,听崔宝义和陈铁血磕打牙儿好玩。难得有个乐子,谁也不插嘴,听他俩屎啊尿啊说得有来有回。

"你每天都去茅房尿尿,屁大工夫完事,你拉屎蹲茅坑要多久?"

"你该去当特务。"

"陈铁血,你该少去一趟茅房拉屎呀,你拉的不是屎,是力气。你该把力气攒起来,攒钱一样越攒越多,攒多了好去摔小日本儿。"

"不去不行嘛。"

"崔宝义,你别瞎扯,有屎不拉还不憋死?屎就是屎,憋到肠子、肚子爆炸也不是力气。"张执一插话,才让他俩的斗口停下来。

在屎与力气争论不休之后,他们开始了第二轮摔跤。摔下来还是陈铁血败多赢少,但大家都为陈铁血高兴,他的力气一天比一天大了,力气大了才有底气摔吉野。

该回家了,他们一起走出杨树林。崔宝义惦记着评书,嘟嘟囔囔嘱咐陈铁血多学几段,每晚上说那么一段,羊拉屎似的听着不过瘾。张执一说:"崔宝义,你是咋了,一个下午说话都是屎味,张嘴闭嘴离不了这个字。你掉茅坑里了?"

"也不知为啥,一张嘴就蹦出来。"崔宝义嘻嘻笑。

"五个晚上连轴转,你们还是听不够,这就是说书人的本事。"陈铁血有些得意。

"说你是猴子,你噌一下就上树了?那是你爷爷的本事,陈铁嘴的本事,不是你的本事。"

"我爷本事是大,我也不赖。听完这段还想听下一段,听不着猫爪子挠似的,我说一段不说了,你是不是猫爪子挠似的,还想听下一段?"

"这倒是,睡觉做梦都不香。"

他俩你一句我一句瘪着肚子又斗开口了。

"你们别光唠说书,别忘了回去当小先生。"张执一转到正题来。

"我不会忘,明天早上去教我三奶奶,我三爷爷不肯学,还骂我三奶奶老了老了考起女状元来了。"崔宝义说。

"要还时兴考状元,茂生八成能考个状元,最次也是个探花,骑马坐轿,还能给皇帝当驸马。"陈铁血说。

"你们说茂生会听先生话,也去当小先生吗?"张执一问。

"他怕吉野,不会。"崔宝义认定茂生不会当小先生。

陈铁血不这么看，他说："也不见得，别忘了茂生写过'日之完'。"

说起做小先生，又说到茂生，王福义想起一件事，他说："朱云峰舅家在胡椒屯，他去舅家玩，给村中小孩当小先生。茂生三妹也听他讲了几句诗，刘家婆婆就当街打了雅珍，背上抽得都是血道子，雅珍也不敢哭。"

"刘家婆婆真可恶。"张执一说。

"我和朱云峰都没跟茂生说，怕他会难过，他爹跟茂生说雅珍在刘家夏穿单，冬穿棉，顿顿肉面粘牙，没说受婆婆气。"

"也难怪茂生一门心思学习。"崔宝义说。

"吉野可恶，老使唤茂生。"朱三年为茂生不平。

"等着吧，早晚摔趴这个小日本儿。"陈铁血捶了捶路边的杨树。

说到茂生和雅珍，大家心都有些沉。

"韩先生在柿子地教的《菜花黄》都记得吧？我们齐唱吧！"张执一的提议得到了响应。

"菜花黄，菜花黄。菜花黄时蜂蝶忙，蜂蝶飞入菜花心，吸蜜糖。小学生要做小先生，小先生要和蜂蝶一个样。菜花黄，菜花黄。蜂蝶飞舞采蜜忙。采蜜忙，采蜜忙。小先生要和蜂蝶一个样……"

一路走过村屯，一些孩子回家去了，还剩下六个人合唱着走。他们不知道唱歌还有什么调调儿，六个人唱出了七八个调调儿。唱来唱去各唱各的，一首《菜花黄》唱得乡村土路上蜂蝶飞舞。

第十六章

山口督学要来学校视察，田校长不敢马虎。山口有权撤换校长或教员，田校长不担心会撤掉他这个校长，他堂兄刚升任"省政府"参事。他担忧的是教员们，山口大嘴巴臭气一喷，开除教员也是可能的。

崔树勋是上边派下来的，又在宪兵小队当着翻译，山口不会找他麻烦。秦老师是唯一的女老师，总是闷闷的，不招灾不惹祸，田校长也不大担心。余下的几个老师也只闷头教书，都知道该怎么应对督学视察。倒是韩先生他最担心，他在山口的监管花名册上。

最忐忑之人是吉野，他怕田校长说他坏话。他到双羊镇搞了一些事，山口对他印象已经很坏。在山口面前，就算大久也要恭敬三分，何况吉野一个独眼。

吉野为讨好山口，主张准备欢迎队，拉到十五里外的沟桥火车站接山口。以前山口来视察学校，田校长也弄过欢迎仪式，学生站在校门口唱歌或献花。吉野要去沟桥车站欢迎,田校长反驳了,山口知道了要记仇。这个山口喜欢别人说他好话,迎来送往讲究个仪式感。

吉野要在全校选拔欢迎队员,集中训练两天,在欢迎山口督学时不能出丑。田校长主张在四、五、六三个年级选,吉野只想在五、六年级选。过了一会儿吉野又变卦,两个班学生都拉去沟桥车站。

"那个陈铁血就不要去了,他个子太高,站在队伍里像根木杆子。"吉野不给陈铁血叫陈智仁了,默认了他叫陈铁血。

田校长也不想出乱子,山口视察一圈走掉,双羊镇小学还是原来的样子;出了乱子让山口盯上,反倒是件麻烦事。山口可不是吉野,吉野咋咋呼呼看着凶,到底掀不起大风浪。陈铁血是个愣头青,田校长还真怕他冲撞山口。

吉野不知道从哪儿借来两面牛皮鼓、四把洋号。要选两个鼓手和四个号手,还要四个抬鼓的。先是五年级站成两排,一个一个上前敲鼓,都敲过去一个也没让吉野满意。六年级敲过去只留下胡凤山。吉野要五年级再敲一轮,这一轮留下了崔宝义。

号手选了好几轮才选出四个。张执一会吹号,可他不想吹号迎接山口,轮到他吹号,号声像掐着嗓子的公鸡打鸣。崔宝义本来会打鼓,过年在大秧歌队敲过。但第一轮没好好敲,第二轮抄起鼓槌手痒痒,一下露了本相。

崔宝义和胡凤山两个合练敲鼓,咚咚咚、咚咚、咚咚咚……震得操场上地皮起尘土,学生耳朵要震破,可吉野对鼓声还是不满意。他也不会敲鼓,只嫌鼓声太小,嘶喊:"饭吃到哪里去了?再敲响点,再响一点!"

崔宝义和胡凤山听了催喊,鼓槌震得虎口发麻,胳膊酸疼也不敢停下来。吉野口中咕噜着驴子话,好在鼓声响听不清。好不容易喊停了,崔宝义累得两条胳膊拿不住鼓槌。吃午饭时手发抖,一勺稀饭撒了半勺,他偷着跟陈铁血说:"我跟老胡算是落在后娘手上了。"

一个下午,牛皮鼓配洋号,咚咚咚……吱里哇啦……没个消停。教室里低年级学生上课,也听不见老师说话,老师索性让学生用嘴巴敲鼓吹号。屋里屋外咚咚咚……吱里哇啦……

上午鼓架在鼓架子上敲,下午抬着鼓架子走着敲。可苦了六年级四个胖子,抬着两面牛皮鼓,走在欢迎队最前面。吉野挥舞着大木刀指挥,他们哭都不敢哭。

鼓后面四个号手,号碗儿向着天可了劲地吹。他们摸到了吉野的心思,他不懂敲鼓、吹号的节奏啊调调儿啊,声大震耳朵就行。几个人可劲地敲和吹,吉野嘴里的咕噜声也小了。

吉野又突然有了主意,要选一名学生给山口献花。吉野一口定了人选——孙茂生。

"给山口督学献花,是对孙茂生同学听话最好的奖励。"

茂生对于突如其来的奖励既紧张又欣喜，怕给山口献花时自己会出丑——那可是山口督学呀，山口督学来了吉野都要小心迎接。

茂生不敢拒绝，心里也想试一试，没准山口督学会记住给他献花的孩子。爹娘要是知道他是唯一献花的学生，一定会串门子跟村上人炫耀。

茂生被允许去采一束野花回来。捧花的姿势，走路的步伐，献花的表情，问好和敬礼，再到退场，吉野都做了规定。吉野又指派秦老师训练茂生，茂生在秦老师面前放松多了。秦老师说不上好看，人很和气，有几分像茂生的大姐雅玲。上美术课秦老师挺照顾茂生的，茂生心里把秦老师当大姐。

秦老师有些漫不经心，她对茂生说："可以了。"

茂生捧着野花束，闷闷地说一句："还不够好，我要再来一遍。"

茂生不知再来了多少遍，依然对自己不满意。野花束晒得蔫儿了，便把它拿到井台插到水桶里浸着。过了一会儿野花束又鲜艳了，枝条子青绿饱满，捧花人也重新振奋，从头开始练习。

欢迎仪式吉野是这样设计的：山口督学和他的随从走出站口，鼓手、号手齐奏，田校长和吉野接到山口，茂生献花。山口接受献花，交给随从，鼓手、号手引着走向小汽车。车站出口到汽车有一段路，欢迎队向山口督学行十五度低头礼。山口督学的车子开动，欢迎队跑步回学校。

对操练和仪式痴迷的吉野，亲自训练欢迎队的队列。他随时从身后袭击，溜号的学生要挨惩罚。鼓声、号声、吉野的训斥声，在操场上混作一团。

有两个学生最闲，陈铁血和林天佐。林天佐被吉野打晕，休养了好些天才回来，头一天上学便赶上训练欢迎队。大病过后林天佐瘦弱不堪，坐在座位上呆头呆脑，他也被准许不参加欢迎队。

一个下午的折腾，敲鼓的找对了鼓点，号也吹嘹亮了，茂生献花也有模有样。只有欢迎队的低头礼吉野不满意，纠正了多遍也没达到要求。吉野钉了个十五度的木架子，量每个学生低头的角度，然后保持十五度不动，直折腾到天黑看不见才散。

住宿生草草吃了口饭，回到宿舍便睡。最精神的是陈铁血，他冒坏，偏要给大伙说书。夏天睡觉不能关窗，陈铁血影在暗处看着操场。吉野也折腾累了，早早没了动静。

陈铁血跳到了操场上。他胆子大如倭瓜，竟溜到吉野窗根底下。吉野窗子也开着，呼噜声打得如闷雷。陈铁血在操场游荡一圈，溜到了柿子地门口。柿子秧浓烈的特殊气味，让陈铁血的鼻子耸来耸去。今天茂生练习献花，没有到柿子地做记录。一个白天会有柿子变红。

陈铁血爬进柿子地，仰面躺在柿子架下，摸着溜溜滑的柿子，鼻子凑到近处去闻，那气味更浓烈。一丝丝的月光，青红柿子要凑得很近才分得清。陈铁血胆子再大心也敲鼓,这柿子是吉野的宝贝。吃一个,还是闻闻算了?他抓着一个红柿子,来来回回做选择题。

或许是仰面躺着,抓着柿子胳膊举酸了,手向下一动,柿子也熟透了的,柿子与蒂断开,柿子秧很轻地摇晃了一下。陈铁血吓了一跳,他偷摘了柿子。柿子秧的特殊气味仿佛尘土在茎叶上浮着,一摇晃便抖落下来,浓烈地包裹着他。鼻孔一阵痒痒,酸溜溜的,要打喷嚏,他忙捂住鼻子。

陈铁血还要做选择题,如果丢掉柿子悄悄回去睡觉,天亮后吉野看见柿子,也不会怪谁或追查——柿子熟透了自然会掉下来;可陈铁血肚子里馋虫蠕动,长这么大见是见过,还没吃过柿子。他爷爷吃过柿子,说柿子还是看着好看,吃就不行了,有一股小孩屄屄味儿。

有一阵陈铁血嘲笑吉野,吃一口柿子等于吃一口小孩屄屄,有啥好着迷的呢?还有大久和小岛,日本人口味真怪异。吉野在"饭寮"嗫"小孩屄屄",还嗫得那么享受,图个啥呢?

可陈铁血闻着柿子味儿,总觉着跟小孩屄屄味儿不沾边,会不会咬开了里面汁水是那个味儿?他有点怀疑爷爷的味觉,如果真是小孩屄屄味儿,会让吉野吃得像个馋鬼?

陈铁血咬了一口柿子,新鲜的汁水流进喉咙里,像喝水呛着了一样要咳嗽,他赶忙掐住脖子,让咳嗽变成小声哞哞叫。他确信酸甜柿子汁跟小孩屄屄不挨边。

陈铁血吃了一个柿子，尝到了红果果的甜头，怪不得柿子让吉野和他的父亲痴迷。一个是偷，两个也是偷，陈铁血又吃了一个。啥好事陈铁血都想着张执一。他们每天省出两个窝头给陈铁血吃，有了柿子陈铁血也不能吃独食。陈铁血又摘了三个，爬出了柿子地。

操场上没有声音，他猫腰溜到了宿舍窗根底下。他忽然想，万一吉野发现丢了柿子，岂不连累了一屋子同学？柿子摘了挂不回去，独吞又过意不去。陈铁血跳出了校园围墙，外面长满了野蒿子。他把柿子藏在草棵子里，明晚再拿回去分给同学。

第二天早起陈铁血也忐忑，眼老往柿子地那边溜。吉野进了柿子地，转了一圈又出来，并没有大声喊叫丢了柿子。昨晚茂生没来得及记录，这个早晨要补记。茂生过去数了没多久，发现柿子少了五个。

要不要报给吉野？吉野从柿子地出去，没有发现丢了柿子，会不会吉野发现了，故意装作没发现？茂生在想谁是偷柿子的人。上次吉野贼喊捉贼，这次是不是他故技重施？会不会是韩先生夜里偷了柿子？若是韩先生偷了，查出来要被开除，茂生不想韩先生受侮辱。他又想起了"日之完"，陈铁血他们救过自己。茂生动起了脑筋，将新结的小青柿子少写了五个，这样柿子总个数看不出破绽来。

茂生去送本子，吉野问红了几个柿子，茂生说了三个。吉野质疑茂生数错了，茂生说："吉野先生，我数了三遍，不会数错。"

"三个还是少，前几天都红十来个的。"

"吉野先生，第一茬儿柿子花挂的果红得差不多了，要再过几天才会红第二茬儿。"这是茂生在柿子地想好的说辞。

吉野没再追问，他的心思在欢迎队上，问茂生："献花练得怎么样了？"

"吉野先生，我在努力练习，秦老师在指导我。"

离开吉野办公室，茂生头皮、脸皮、手脚全是麻的，像刚死过一回又活过来一样。

野花浸在水里一宿没蔫儿，茂生捧着野花束又练起了献花。敲鼓、吹号的在柿子地门口，咚咚咚……吱里哇啦……天气贼热，闷得心难受，天在沤一场雨。

吉野一个心眼抓队列，每个学生的低头礼都要卡木尺。林天佐请了病假没来，陈铁血还是优哉游哉地乱晃，吉野对他也装没看见。

临近中午吉野又有了新主意，初小四个班也要练习队列。高小两个班去车站，初小在学校门口列队。这苦了小孩子们，没等拉到操场练习便已吓哭。

二百来个学生都在操场上。鼓声、号声震耳，小孩子被打被吓的哭声，乱糟糟地闹得人心焦。吉野抢过崔宝义手里的鼓槌，敲了好几通鼓，闹声才静下来。

吉野头一回主动妥协，初小欢迎改为在班级向山口行礼。午饭后吉野要求全程演练，田校长懒得理吉野，只是心疼这些学生。田校长还是田校长，吉野假装是山口，柿子地门口当火车站出站口。一个下午演练了十几回。

又到了晚上，陈铁血最精神。他没有去拿柿子，要再等一个晚上。又是一天的疲惫，同学们呼呼大睡。陈铁血没再去柿子地，天热蚊子多，他用一根篙子挥来舞去，帮同学们赶蚊子。后半夜凉下来，陈铁血才躺下睡着。

第二天早晨陈铁血醒来时，张执一他们已走了。

欢迎队没有吃早饭，走步去沟桥车站，站一个上午，再跑步回来。陈铁血不用上课，一个人在宿舍里躺着，躺腻了又去教室。他远离柿子地，一个人进柿子地万一有什么事说不清。

早饭过后天下起雨来，雨不算大，但饿着肚子淋一个上午也是够受的了。隔道不下雨，陈铁血盼着沟桥亮瓦晴天。揭示板上茂生写了新字，是"日满一家"之类的鬼话。

陈铁血蹲在雨檐下看雨，想起茂生献花的样子觉得好笑。他真想抽茂生几下，但一想起茂生三妹在刘家受苦，他又恨不起茂生来了。

欢迎队默默行进在雨里，吉野打着雨伞来回巡视着队伍，大吼着学生不要当缩脖鸡。冯老先生年岁大了，韩先生拾了个破破烂烂的草帽，给冯老先生凑合着遮雨。

一个上午雨也没停。火车进站又开走了。欢迎队等了很久，也没见山口和他的随从。吉野等得不耐烦，去询问了车站，站兵说火车开走了，没有山口督学和他的随从下车。

田校长心疼学生和教员，怕冯老先生撑不住，他自己也肚子瘪塌塌，腰都站不直，跟吉野说不要等了，回去给山口督学发电报。吉野不肯，他要等下一列火车，或许山口督学错过了这趟车。

学生们连饿带淋雨，开始在雨中瑟瑟发抖。茂生穿了一身小军装，这是吉野特意借来的。花捧在茂生胸前，雨水顺着小战斗帽滴到花束上。原来还芬芳的花朵，此时散发着丝丝缕缕的腥气，花粉让雨浇得湿腻腻的，污得茂生胸前花里胡哨的。茂生尽量用花束挡着胸口，如果吉野看见小军服被花粉弄污，说不定会将空等的沮丧发泄在他身上。

最后一趟客车也开走了，还是没有接到山口，吉野气急败坏地下达了回校的命令。他要鼓手、号手敲起来、吹起来，从沟桥车站一直到双羊镇。牛皮鼓被雨浇了一天，鼓槌敲在鼓面上闷声闷气，像敲在一头死牛身上。

回到学校过了放学时间，吉野没关办公室门，一个人骂天骂地骂山口。走读生吞咽着酸水回家去。住宿生没有晚饭吃，瘪着肚子倒头便睡，好在炕是热的。天过晌午欢迎队还没回来，陈铁血想着同学们淋了一天雨，于是将宿舍的炕烧得暖烘烘的。

同学们睡着后陈铁血溜出宿舍,他没从柿子地边的围墙跳,那样墙上会留下泥印子。他绕到宿舍后面隐蔽处,翻高墙跳出去,拿回了三个柿子。

同学们睡醒一觉了,饿得肚皮一阵阵疼。陈铁血将柿子送到张执一嘴边。张执一咬了一口,困意唰一下没了。

"柿子。"

陈铁血赶紧堵住张执一的嘴,张执一完全清醒了。

"陈铁血,你偷了柿子?"

"那本就是咱们的柿子地。不过不是今晚摘的,前天摘完藏在了墙外,我刚拿回来。"

吃不吃柿子成了所有人的选择题。不吃柿子,冷了陈铁血的心。张执一咬过一口后,柿子的气味散开真诱人啊。可吃了柿子,吉野知道了还不掰掉大牙?

"反正我已吃了一口,不差多吃一口。"张执一又咬了一口。

张执一还要吃,崔宝义吞半天口水了。用陈铁血的话说,崔宝义为了吃,命都不惜。他抢过张执一手上的柿子,咬了一大口,还要咬第二口,让胡凤山抢了去。胡凤山还没吃完,王福义手已攥在柿子上了。余下的同学也不纠结了,三个柿子很快吃光。大多数人从来没吃过柿子,吃过都说好吃,吃过还想吃。

陈铁血想证实一下柿子味儿,他说:"你们吃出小孩屁尼味儿了没?"

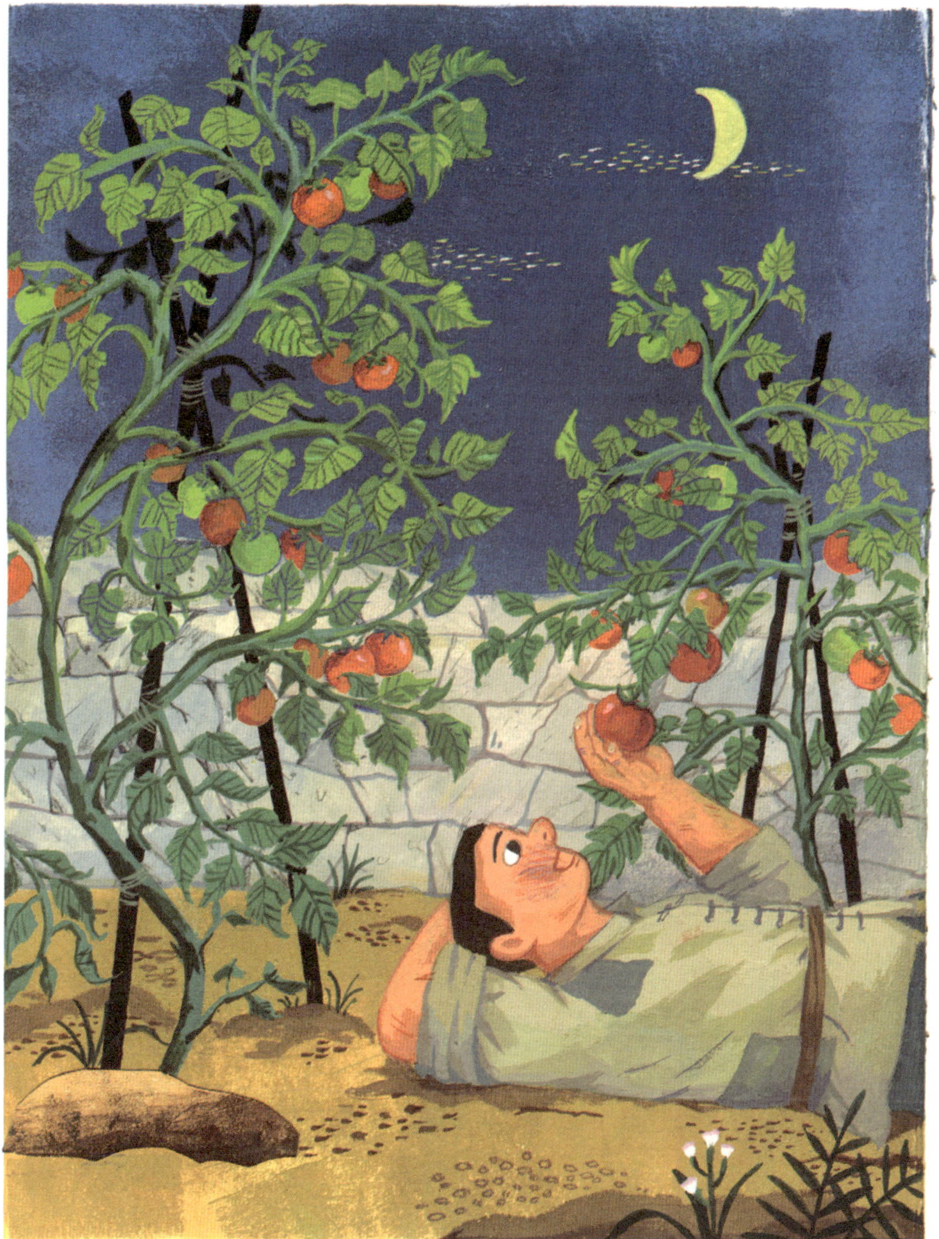

陈铁血爬进柿子地,
仰面躺在柿子架下,摸着溜溜滑的柿子,
鼻子凑到近处去闻,那气味更浓烈。
一丝丝的月光,青红柿子要凑得很近才分得清。
陈铁血胆子再大心也敲鼓,
这柿子是吉野的宝贝,
吃一个,还是闻闻就算了?

"陈铁血,你恶心谁呢?吃一口柿子还小孩屁屁味儿。"崔宝义很不满。

"我没瞎说,我爷说柿子是小孩屁屁味儿,我也没吃出来,问问你们吃出来没。"

"你爷舌头老了,要不就骗你呢。"朱三年小弟弟刚百天,正是和屁屁泥的时候,他说:"这要是一个味儿,我周末回家不就是进了柿子地?"

说得大家都笑了起来。

陈铁血没再吃柿子,可他前天吃过了,知道柿子好吃。同学们传着柿子一口一口咬时,他的嘴巴也在咕噜口水。三个柿子吃完,同学们吮着沾了汁水的手指,陈铁血咽下一大口口水,说:"老虎也有打盹的时候,你们等着吧,我还会去摘柿子。"

第十七章

　　山口不是错过了火车,而是头天晚上日军炮击了卢沟桥,他临时决定取消这次视察。日军炮击卢沟桥的消息,怎么传到双羊镇的没人知道。街上突然多了日本宪兵和伪警巡逻。

　　学生将卢沟桥传成了沟桥,都以为日军炮击了沟桥车站。陈铁血几个一边咬耳朵一边纳闷:十五里,咋没听见打炮声?沟桥车站本就是日本人占着,咋还自个儿炮击自个儿?不会是抗联炮击了沟桥吧?想到可能是这样,陈铁血来了劲,和张执一说:"不会是大老杨吧?"

　　"你别瞎想了,是日军炮击,不是被炮击。"

　　"那就怪了,不是这个沟桥是哪个沟桥?"

　　吉野急匆匆进城去了,连柿子都没来得及带。张执一去问韩先生:"沟桥是哪个沟桥?"

　　"不是沟桥,是卢沟桥,在北平城外。"

　　北平城不陌生,就是北京了,大清都城。溥仪原来在那儿当皇帝，大清趴窝儿了，才让日本人弄到东北当儿皇帝。

"吉野也回城了，昨天才周五。"

"要打大仗了。"韩先生脸色很重。

中午放学，陈铁血还想着八成是抗联炮击了沟桥，他想去沟桥车站看看日本人当了炮灰没。走出学校后，张执一告诉陈铁血："我上午问过韩先生了，不是沟桥，是卢沟桥，在北平城外。日本人要进攻北平，先生还说要打大仗了。"

"日本人打下北平城，还要叫回北京吧？溥仪会不会回去坐金銮殿？"

"哪那么容易打下北平城？照你的担忧，我们还要脑后梳辫子了？"

"溥仪真回了北平，又要梳辫子你梳不梳？"

"我才不梳，你看五里铺算命的陈先生，六十多了，脑后那根辫子还留着，晃里晃荡，猪尾巴似的。他说自己是正经八百的旗人，每天还朝着北平跪地磕头呢。"

一说起猪尾巴，陈铁血想起吉野木刀挂的猪尾巴，说："吉野看到猪尾巴辫子，会气得发疯。"

"你看过御影室溥仪像没？他都没辫子了。"

走到大柳屯杨树林，又进去练摔跤，一个个脱下布衫，赤膊上阵。陈铁血胳膊腿一天比一天有劲，摔过一轮，他倚着树问张执一："你们说给我买火烧，至今连个火烧渣也没见到。"

"不是不买,没有钱嘛。"

"我说着玩呢,吃窝头照样摔趴小日本儿。"

"窝头要吃,火烧也要吃,吃火烧摔跤更来劲。"

陈铁血又被摔到起不来,在草地上躺着望天,说三说四,说东说西。

回到陈屯家里,陈铁血帮他爷干活,闲下来扎马步练下盘,举圆木轱辘练臂力。邻居笑陈铁血,本来就吃不饱,那点食儿都瞎费了。陈铁血不管邻居说什么,仍一本正经地扎马步、举圆木。

周一早晨上朝会,吉野宣布恢复上操练课。他的右腕还没全好,日军进攻北平,让他迫不及待要恢复操练课。睡觉前张执一问陈铁血:"明天下午上操练课,吉野还会不会摔跤?"

"他手腕还没好,他不傻,单臂摔跤他不大敢。"

"陈铁血,你还没强壮起来,吉野不找碴儿摔跤,你不能逗引他摔跤。吉野用单臂,我们也没把握稳赢。"

"你们陪我摔了那么久,不是白摔了?"

"谁说白摔了?等你摔得过他再找他摔。"

"我现在就能摔趴他。"

"先生说了,打狗得先有根棍棍,咱手上没这根棍棍,先别让狗龇牙儿。"

"我手上有棍棍了呀。"

"你手上那是根麻秆儿棍棍,还打不了狗。"

陈铁血嘟囔着不服气，崔宝义没和陈铁血斗口，反而安抚了一会儿陈铁血。他们仨睡着都很晚了。张执一怕陈铁血找吉野摔跤，第二天早起还在担心。这个陈铁血倔巴劲上来什么事都保不齐。

吉野中午吃大米饭加生柿子，陈铁血吃稀饭、窝头，两个人饭上先有了输赢。陈铁血能吃上一个火烧就好了，驴肉长力气，真摔跤胜算也会大些。可张执一兜里没有钱。打韩先生旗号要一个火烧？韩先生知道了会怎么看？还是去赊一个火烧来吧，乌恩要肯赊就能吃到火烧。

吃过饭张执一绕到宿舍后墙，翻墙头去了乌恩火烧铺。过了饭口，买火烧的人不多。张执一凑过去脸就红了，冲着乌恩笑。乌恩好眼神、好记性，记着他是韩先生的学生。

"又是韩先生打发你来买火烧？"

"不是韩先生，我想自己赊一个火烧。"

"没钱还吃火烧？一个火烧能买仨窝头，你去赊窝头吃划算。我这也是小本买卖，不赊不欠，等你有钱了再来。"

张执一脸跟红柿子一样。他想说些好话，软磨硬泡，好歹得给陈铁血弄一个火烧吃。

"明天准还你。"

"赊账都这么说，这么说的没几个能在明儿个真正还上的，明儿个能还的也不差今儿个的火烧钱。你也来赊，他也来赊，我这铺子早黄摊子了。"

"我是韩先生的学生。"

"我知道你是韩先生的学生,韩先生吃火烧不用赊,吃多少都白吃。"

"我赊火烧是给别人吃,就是上次那个大高个子,他下午要摔跤了。人家对手吃大米饭,他吃窝头、稀饭,这可咋摔?饭上先输了。"

"吃大米饭?对手是日本人呀,大高个儿这么能耐,敢跟日本人摔跤?"

"学校新来那个主事吉野,他把我们当麻包摔。"

"独眼?"

"就是独眼,他给我们上操练课,瞅谁不顺眼他就摔谁,谁也摔不过他。大高个儿陈铁血也摔不过,但他想摔趴吉野,我们陪他练了好多天摔跤。下午还要上操练课,吉野吃的大米饭,陈铁血吃窝头、稀饭,吃食上先敌不住吉野了。我想来给陈铁血赊一个火烧吃,多攒点力气兴许能占上风。这吉野右腕受了伤,陈铁血得了个便宜,吉野腕子不伤吃一盆火烧也白搭。"

"哈,原来是这样,我不赊你火烧,奉送你火烧,你想拿几个就拿几个,不要钱。"

"一个就够了,你小本小利,不过钱我还是会还的。"

"先拿去给陈铁血吃,你不知道我跟吉野有仇吧,陈铁血摔趴吉野,这火烧钱我不要了。"

"那我拿两个火烧。"

乌恩选了两个馅大的,拿麻纸包好给了张执一。张执一谢过乌恩撒脚跑回学校,跳墙进来找到陈铁血,把他拉到柿子地。张执一拿出热乎的火烧给陈铁血吃。

"你去买火烧了?你哪儿来的钱?说吃火烧是逗你玩的。"

"赊的。"

"乌恩肯赊给你?"

"起初不肯,我说你吃火烧摔吉野,他就肯了,他说跟吉野也有仇。"

"你赊火烧,拿啥还呀?"

"乌恩说你摔趴吉野,火烧钱他就不要了。"

陈铁血还要往下说,张执一拦住:"别说了,你快吃火烧,要过一会儿才长出力气来。"

陈铁血只肯吃一个,另一个给张执一吃。张执一不肯:"这是乌恩的火烧,谁摔吉野谁吃,你要不摔我就吃,我吃了我去摔。"

"还是我吃吧,你吃多少火烧也摔不过吉野。"

"陈铁血,吉野不找你摔,你不能上赶着找他摔,他一只胳膊你也不一定能赢。下午不摔跤火烧也不白吃,攒下来啥时候都是力气。"

天热得像个火炉子,吉野军服后背湿了,像背了一块雨浇过的黑瓦,木刀又涂上了黑墨,看上去新崭崭也很吓唬人。

迎接山口的队列没白练,走队列罚站的只有五个学生。陈铁血看在眼里,把张执一的叮嘱忘了,加上两个火烧下肚,自觉底气比往日壮些,他故意出列受罚。

张执一急得想踹陈铁血的屁股。张执一也只好出列受罚。崔宝义看了一眼张执一,也故意没做好出列罚站。他俩想到一起去了,先跟吉野摔消耗一下他,陈铁血再摔就能省一分力气。

吉野端详过这八个学生,好战之心让他心花怒放,很久没摔手有些痒痒。他脱下湿了的军服上衣,穿着背心,伤臂背在身后,叫一个学生过来。一带一扯一背,那学生麻包一样摔个仰八叉。试过单臂手劲,吉野心中有了底,这群小毛孩就是一碟小菜。

摔到最后剩了张、陈、崔三个。没等吉野开口喊,张执一先找吉野摔。吉野还是大意了,张执一陪陈铁血练摔跤,也长了不少力气。吉野一出手没撂倒张执一,这大大刺激了张执一。张执一不等吉野再出手,瞅准了吉野先下手,猫腰冲过去撞向吉野。他跟陈铁血使这招,陈铁血要跳开,躲不开会撞个仰八叉。吉野不是陈铁血,他没有躲,胖肚子顶住了张执一的头,单手抓住张执一的腰带子。张执一往后一挣,腰带扯断,来了个腚蹲儿。吉野顺势抢上来,薅住脖领子一个背摔,张执一四脚朝天,眼冒金星。

崔宝义不知哪儿来的胆,平时见吉野腿肚子抽筋,这会儿跳过来护住了张执一。吉野恼羞成怒,二话不说过来抓崔宝义。崔宝义身形像吉野,也比张执一有劲,吉野摔他费了点气力,可还是没躲开被摔。

别人都是摔跤比赛的龙套,陈铁血才是主角,前面几场摔都是为正戏垫场子的。吉野眼里诡秘一笑,露出了十足的贪婪。陈铁血盯着吉野,给自己提了半天气,他不能让张执一和崔宝义白白挨摔。他摸了摸肚子,俩火烧给了他不少力气。

陈铁血抓吉野的手腕,吉野怎会给陈铁血右手,这样一来吉野要护右手,陈铁血占了一点上风。几下子抓挠,陈铁血抓住吉野双肩,吉野单臂抓陈铁血。

吉野好使绊子,陈铁血记着,使了好几回,也没放倒陈铁血。冷不丁吉野单腿向前踹陈铁血膝盖,陈铁血一跳就跳开了。陈铁血腿长,吉野腿短,够不着陈铁血。陈铁血趁吉野立足未稳,扬起右脚给吉野使绊子。右脚背勾住吉野小腿肚子,陈铁血暗喜,可咋使劲都使不动。吉野的腿像树桩一样硬,勾了几下纹丝不动。

二人僵持之下,吉野的老练派上了用场。陈铁血使蛮力勾脚,吉野顺势向前扑,陈铁血右脚勾空,向后趔趄。吉野贼鹰一样转到陈铁血身后,左胳膊勾住陈铁血脖子,用上了死力勒紧,在操场上向后拖拽陈铁血,对陈铁血下了毒手。

陈铁血身子半躺着,让吉野勒住脖子,一点还手之力都没有。再拖下去陈铁血就活不成了。田校长、韩先生和崔树勋三人,几乎脚前脚后跑出办公室。他们不能看着陈铁血遭黑手。

最先冲到现场的是崔树勋,先一步扯开了吉野的胳膊,又搂腰抱住了吉野。韩先生和田校长也随后到了。韩先生先去看陈铁血,陈铁血翻了半天白眼,脸似猪肝,大口喘气。吉野大为恼火,田校长站在他对面,说:"你要杀死他。"

"我们在摔跤。"

"我们都看见了,他摔不过你,今天他输了。"

听田校长替他认输了,陈铁血要摔第二个回合,让韩先生一把搋住。陈铁血还想摔,韩先生踢了他一脚,厉声说:"还不快去洗洗你的脸。"

张执一明白了韩先生用意,和崔宝义架着陈铁血去井台洗脸。

吉野也自知理亏,田、韩、崔三人拦阻,说几句狠话也便作罢。韩先生后怕,吉野比他们想的还心黑手狠。

吃过晚饭陈铁血还闷闷不乐,张执一劝:"胜败乃兵家常事,戚继光不也打过败仗吗?"

"吉野让了我一条胳膊,我还是没摔趴他。"

"吉野用阴招。"

陈铁血还是闷闷不乐,后来眼窝竟湿了。

"咋了?输了吉野,心憋屈?书中侠剑客不是常说,'留得青山在,不愁没柴烧'吗,摔趴吉野是早晚的事。"

"我不是输不起,是我没摔趴吉野,你拿啥去还乌恩火烧钱呀?"

第十八章

学校延迟了放夏假。

揭示板成了战报栏,茂生每天都要抄新板报,大写特写鬼子怎么作战勇敢、中国军队不堪一击、日军"战果"丰厚等。吉野强制要求学生每天看一回"战报",六个班级排队参观,还要级长大声读"战果"。

照板报上说的架势打下去,"满地黄"旗下个月就可以插回"北京",溥仪就要乘龙辇回紫禁城,去风风光光当他的宣统皇帝了。有人说,日本人还会用溥仪当皇帝?还会插"满地黄"?那时膏药旗扑扑啦啦哪哪都是。乐观派说别听日本人瞎说,小日本儿占不了全中国,用不了几年,东北还是东北,中国还是中国。蛇吞蛤蟆都难,还想吞象?

一时双羊镇流言四起,人心惶惶,街上宪兵和伪警巡逻监视更紧了。宪兵小队的三条狼狗牵到了街上,有一条叫小田切,它的主人是小岛,双羊镇人戏称小田切队长。

一天早上，人们在街巷的墙上发现了油印传单。读过传单吃惊地发现，"满地黄"和"日之丸"还没有插进"北京"。原来，二十九军还在抵抗日军，中国军队溃败投降是假消息。二十九军的威名谁没听过？大刀队在长城喜峰口跟鬼子拼过刀。

"这回小日本儿碰上硬茬子了。"双羊镇人私下议论，门都关得死死的，鬼子牵着狗到处乱咬。

这份传单在县城也有张贴，日本人很恐慌，一两天内抓了好多人，还是没找到刻印传单的人。大久被赤西大佐训斥无能，他又把恼火发给宪兵和伪警，一时间县城里鸡飞狗跳。

小岛抓人，田宝三回收传单，大街小巷各村屯呜嗷喊叫。私藏传单者便是"反满抗日"。

日本人在柳城抓刻印传单的人，只有韩先生心明镜儿一样，这个人在双羊镇。印传单的人还没抓到，第二份传单又在县城出现，笔迹出自同一个人。这给了大久当头一棒子，他费劲巴拉抓的人都要放掉。第三份紧跟着又贴了出来，赤西大佐在电话那头冒了火，气得大久想走上街头，见着谁都想给一枪。

红柿子挂在秧上煞是好看，光看一眼就够馋人的。陈铁血头脑发热，要摘了柿子去前线劳军，还想加入二十九军大刀队。韩先生哭笑不得。

"先生舍不得柿子，还是怕我嘴馋半路偷吃？"

"这柿子给吉野吃还不如喂狗，要能给二十九军将士吃，我情愿把柿子秧割了一块儿送过去。你摘了柿子去找二十九军,你去哪儿找?双羊镇到卢沟桥上千里,日本人到处封锁,鸟也飞不过去,就算你爬山越岭送过去,到二十九军阵地上柿子也全烂了。"

热血凉一凉,挠挠头,陈铁血有些不好意思:"先生这样说倒是真的,咱不能挎一筐烂柿子给二十九军送去。"

"陈铁血,你不去找大老杨了?你不是一直嚷嚷找大老杨吗?"

"大老杨神出鬼没,鬼子都找不到,我去哪儿找?"

众人都笑。

柿子没拿去慰劳二十九军,让吉野送给了大久解暑。日军大举进攻北平,吉野还想回前线去。有几个宪兵被征召走了,大久吃了他的柿子,也没有给他机会。小泉劝他,谁会要一个独眼去打仗呢?吉野还是不死心,摘了柿子给大久送,也给小岛和他的巡逻队送。

茂生依旧每天记柿子账,青的多少,红的多少,每笔账都清楚明白。每一个数字他都牢记在心,提防吉野突击查问。

这一天吉野要求学生们停课,去东街小河沿看"出大差"。"出大差"便是行刑。"犯人"多是抗联战士和被诬陷的"思想犯",也有地下党和救国会成员。前些时一股抗联小部队偷袭西关军火库,有俩战士受伤被抓,日本人诱降不成便要枪毙,行刑地在东街小河沿。田宝三召集老百姓去看行刑,说是召集实为强迫。吉野听说行刑,便要学生停课去看"出大差"。

让一群孩子眼巴巴看杀人,只有日本人想得出来。这破了田校长能容忍的底线,就是死也要阻止吉野的疯狂。

"吉野先生,这是万万不能的。"

"我决定了。"

"我是校长。"

"你说了不算。"

"我是校长,我说了不算?"

"你这个校长是摆设。"

"这话你跑到几百里外对山口督学说,你要让学生去看行刑,你先把我拉去'出大差'。"

"你拿死来吓唬我,我也不会改变。"

"我的决定也不会改变。吉野先生,你冷静想过没有,学生们的父母闹起来怎么办?恐怕你也担不起这个后果。"

"谁闹枪毙谁。"

"你们的'亲善'呢?'一德一心'呢?老百姓会往标语墙上泼粪的,这是大久队长最不想看到的。"

日本人在华北要打大仗,这一段日子特别小心"后方"。田校长抓到了日本人的心理,用这个来吓唬吉野。

吉野很别扭地笑了笑:"亲善从我俩开始。"

"想让我们亲一点,请吉野先生先善一点。"

田校长没再理吉野,搬了个木墩子坐在校门口。吉野没敢强硬召集学生,气哼哼了半天,斜楞着脑袋,看了田校长好几眼,自己去了东街小河沿。

过了很久才响枪,小河沿离学校不远,枪响后狼狗又咬了好一会儿。原来日本人枪毙了一个战士,另一个战士被关进铁笼子,把小田切队长放了进去。小战士与狗搏命,徒手勒死了小田切。小岛又放进了两只狼狗,那个小战士再也搏不过了。

第二天吉野在操场上叫住了陈铁血。

陈铁血见吉野朝他走来,暗自较劲做好了摔跤准备。三目相对,吉野先笑了。吉野笑,坏水冒,笑得陈铁血浑身不自在。吉野笑眯眯的独眼里藏着一把刀子,陈铁血用两只眼回敬了两把刀子。吉野的脸从笑面突然扭曲,学了一声狼狗叫。联想小河沿的"狼狗刑",这一下还是吓到了陈铁血。轮到吉野得意了,他独眼梢向上一拧,大摇大摆往办公室走去。

在吉野要跨进办公室门槛时,陈铁血学了一声山林虎啸。吉野猛转身,陈铁血没事人似的,吹着口哨往教室走去。吉野拧歪着半拉身子,一只脚还在门槛外边,脸上变得阴气森森。他看着陈铁血走进了教室,才将另一只脚跨进门槛。

下午操练课吉野没摔跤,改成了弹鼻梁骨。吉野的左手指铁橛子一样粗硬,每个学生弹三下,弹一下鼻子酸痛,眼泪冒出来,弹到三下鼻子准流血。轮到陈铁血了,吉野没弹鼻梁骨,主动和陈铁血摔跤。三个回合陈铁血又全输了,脑门磕了个紫包。

美术课前，崔宝义摸摸陈铁血脑门上的包："你不该学那声虎叫，你不学，吉野弹你三下鼻梁骨，他不会找你摔跤。"

陈铁血拨开崔宝义的手："他不找我摔我也找他摔，弹鼻梁骨吃酸枣似的更难受。"

今天的秦老师不一样，哪儿不一样说不清，感觉人带着一股子劲。平时秦老师弱如春天的柳条，风吹一吹能摆三摆。她除了看上去弱弱的，闷闷的话也很少，上课便是上课，细声细嗓的。她听到了崔宝义和陈铁血的对话，开口便说："陈铁血学虎叫没错，狼总是要吃人的。不被狼吃，要么成虎，要么当猎人。"她捏起一根粉笔又说："今天给同学们画一只狼，你们看像不像狼。"

粉笔在黑板上勾线涂抹，粉笔灰唰唰落在灰槽里。秦老师没用彩粉笔，一根白粉笔画到底，画完收笔转身，侧身指着白色狼头问："我画得像不像狼？"

"秦老师，狼眼画得不对，不该笑眯眯的。"

"狼也会微笑呀。"

"秦老师，狼凶吃人，怎么会笑呢？"

"狼也会笑，笑狼最可怕。"

"秦老师，我们懂了，狼不都是凶眼，狼也会笑，笑狼更可怕。"

"还有哪里不对吗？"

"秦老师，狼是大狗牙。"

"狼笑眯眯的时候，你看不见它的锯齿獠牙，但看不见，獠牙也还在。当它露出獠牙时,笑也没了,它就要吃人了。"

陈铁血听得血往脑门上涌,包又鼓了一圈。张执一和崔宝义他们也听得眼睛有光。茂生的心却越发地慌,他手抠着板凳,双腿在桌底搅在一起,一只脚死死蹬地,让自己的身体不战栗。

秦老师擦去笑眼,又是几笔笑眼变凶眼,又加几笔狼有了锯齿獠牙。秦老师变戏法似的,左手心握着一疙瘩红粉笔头,随意几笔多了一条长长的红舌头。再看黑板上这只狼头,凶眼獠牙红舌头,让人前胸后背起鸡皮疙瘩。秦老师画得太逼真,仿佛那狼随时会嚎叫着跳下来吃人。

"同学们,狼是会微笑的。咬人的狗不露齿,吃人的狼有时也不露齿。不要被它的微笑欺骗,是狼总是要吃人的。"

校外闯进来几个穿日本军服的人,先去了教员室那排房子。崔宝义眼尖,他指向窗外说:"快看,狼来了。"秦老师本背对着窗子,猛回头看见日本兵和吉野说着什么,脸色一下就变了。陈铁血以为秦老师怕的是画了狼头,一个箭步冲上讲台,抡起胳膊袖子将狼头擦得糊掉了。

秦老师没顾陈铁血擦黑板,她大声喊学生不要看窗外。学生们转过脸来时,秦老师已在黑板右上角写了字:"我们是中国人。"学生们呼吸都要停了,"中国人"是被禁止说和书写的。秦老师敲着黑板说:"同学们,记住我们是中国人。"

这时吉野领着日本兵到了门口,秦老师又写了一行"我是中国人","人"字最后一笔拖得很长,在黑板上顿住时粉笔被摁得粉碎。

秦老师没有反抗,向吓呆了的学生报以微笑。日本兵粗暴地抓走了她,学生们还傻在座位上,陈铁血也好一会儿才回过神来。教室门大开着,夏日的热浪包围着所有人。操场闹哄哄,教室却是静悄悄,有几只苍蝇嗡嗡乱飞,落在学生们脸上、鼻梁上,抓得他们痒痒的,却都忘记了挥手将它们赶走。

田校长拦住日本兵交涉,日本兵狠狠搡开了田校长。吉野看上去要跟着一同走,挨了日本兵一个响亮的耳光。这是吉野头一回在师生面前挨打,可谁也没有一丝解气的快慰,因为他们的秦老师被抓走了,看样子凶多吉少。

田校长也被突如其来的变故闹蒙了。他们为何要抓斯斯文文的秦老师?秦老师没有一丝反抗,她似乎知道会有人来抓她。而韩先生什么都明白了,那个隐藏在双羊镇的神秘人,便是弱不禁风的美术老师秦秋农。韩先生怀疑过秦秋农,后来又否定了,秦老师的字怎么看都对不上。吉野验过那么多次笔迹,秦秋农怎么做到让人辨认不出的?这个秦秋农到底是什么人?

快要下课的时候,小岛带着宪兵骑着摩托来了,还有伪警在屁股后跑步跟着。小岛进门先找吉野,让他带路去抓秦秋农。吉野一点头脑都摸不到,挨耳光的气还堵着,他说:"秦秋农刚被赤西大佐的人抓走了呀。"

"混蛋,我们刚接到命令就来了,怎么会有人抓走?"

"校长也亲眼见的呀。"

"吉野先生说得没错,我们学校只有一个秦老师。"

小岛狠狠骂了几句吉野,带着宪兵和伪警火急火燎地走了。田校长和韩先生对视一下,交换过眼神,知道了前面的日本兵是假冒的,先一步解救走了秦秋农。

吉野火上房一样急,秦秋农真离开了双羊镇,大久不会轻饶他。他一脑门子火气冲进五年级教室,抄起抬水桶的木棒,发疯似的打得黑板四分五裂,木渣乱飞,残片满地。

还没到掌灯时分,秦秋农是印传单的人这个消息就传遍了双羊镇。听说她还是柳城抗日救国会成员,有一手绝活,能双手写字。小岛带着人将双羊镇翻了个底朝天,也没有抓到秦秋农。学生们都为他们的秦老师暗暗欢呼。

秦秋农脱离虎口后去了哪里,双羊镇人说法不一。有人说她拆了"秋"字,化名禾火,还在柳城做地下工作;也有人说她先去了山里找抗联,后来绕道苏联去了延安。

五年级教室的黑板砸碎了,学校没有钱再换一块。韩先生带着陈铁血他们,用黄泥抹平了土坯墙面,泥干后涂刷了黑墨汁当了黑板。

吉野挨了"日本兵"一个大嘴巴,左半边脸一直肿着。大久喊他去又打了他耳刮子,脸肿得更高,从县里回来瘟头瘟脑的,学生们笑了他好些天。

第十九章

周六放学回家,陈铁血不想走正街,要绕过火烧铺。张执一问他为啥要绕。陈铁血说脑门上的包还紫着,没脸见乌恩呀,白吃了人家那么多火烧。张执一不想绕道走,哪有吃了人家火烧还绕着走的。

"谁说白吃,赊账又不是不还。"

"你有钱还是我有钱?"

陈铁血看小胖子崔宝义,崔宝义说:"你别看我,我可没钱。"

"早晚会还上。"

"你是虱子多了不咬,债多了不愁。"

"也是要算一算,咱欠了乌恩多少个火烧了?"

陈铁血又看崔宝义,崔宝义说:"我一个没吃,我不记得,谁吃了你问谁。"

张执一看陈铁血,陈铁血说:"你别看我,我光吃了,我也不记得。"

他们一起往回估计着数,一数吓一跳,他们欠下了一笔巨款。

"原来吃了这么多。"张执一有点不敢相信。

"陈铁血光吃着香了,他哪记账,好吃谁不吃?"

"这不能怪陈铁血嘴馋,他要摔趴吉野就得吃,现在看日子不远了。"

"我没赖陈铁血嘴馋,该吃还得吃。"

"摔趴吉野是一定的,但火烧不能再吃了,再吃下去更还不起了。"陈铁血面露愧色。

张执一拿主意,"摔趴计划"还要进行,只是不去乌恩那儿赊火烧了。乌恩小本小利,他们光赊账也不仗义。陈铁血想绕后街走,张执一说还是走前街,绕后街太远了,过火烧铺咱不抬头。崔宝义腿懒不爱绕远,别人也是走惯了前街,陈铁血只好少数依着多数。

出校门一路西行,眼瞅见了火烧铺子冒热气,乌恩扎着麻布围裙在忙活。张执一几个走成一排,陈铁血猫腰躲在外侧。不知是闻到了香味还是心瘾,陈铁血的舌尖老有驴肉的滑腻,舌根发酸,边走边数落自己:"不怪崔宝义说我馋,我比崔宝义还馋,一根馋虫三尺三。"

乌恩看见张执一几个一字形走来,大热天挤挤挨挨,又没见陈铁血,仔细看张执一四条腿,那两条腿准是陈铁血的。张执一几个也不看乌恩。乌恩哪里肯放过他们,走出铺子吆喝:"火烧,喷香的驴肉火烧，闻着能解馋，吃饱了能摔跤。火烧，喷香的火烧……"

张执一几个装作没听见，脚步再加快一些，陈铁血腰弯成大虾米，喊大伙再走得快些。

"伙计们，来吃火烧呀！"乌恩冲着张执一几个大声喊。他们还快走，乌恩又喊："吃不吃火烧，赊的账可都该还了啊。"

这句话要了命，揪住了他们的小尾巴，怕就怕乌恩说还账。张执一赊的第一个火烧，他逃不了干系，脸上最挂不住，头扭向另一边不看乌恩。崔宝义不在乎，账不是他赊的，火烧也不是他吃的，仰着小胖脸挤眉弄眼地看乌恩。

乌恩声音又大了一倍："吃不吃火烧，账得算一算了，装听不见可就不是火烧的事了啊。"

张执一脸臊了，先停下来。陈铁血只顾闷头走，没停，走到了队伍前面。陈铁血脸更臊得慌，扭着脸不让乌恩看脑门。乌恩看见陈铁血脑门紫包了，明知故问："哟，陈铁血，脑门咋胖了？"

乌恩故意不说摔趴，让陈铁血想寻个地缝钻进去。吃人家的嘴短，说到底欠了人家钱说不起话，他们只好走过去见乌恩。张执一说："叔，火烧钱过几天给，我们不是赊账不给钱。"

"我又没说钱，我不急你急什么？卖火烧的不急，吃火烧的倒急。"

"还不是你大喊着还钱，账不能再赊下去了？"崔宝义老大不乐意。

"咱可是说好的,吃我火烧摔趴小日本儿,摔趴了我不要火烧钱。你们没摔趴小日本儿,反过来自己摔得一脑门子包,倒是比前几回强,没摔得跟血葫芦似的。吃我火烧摔小日本儿,不吃火烧就是不打算摔了,那可不就得还我火烧钱?"

陈铁血脸皮发热:"谁说不摔了?是不吃火烧了。"

"是我的火烧让你吃了败仗?"

"不是,是再吃下去还不起账。"

"有啥还不起?你摔趴小日本儿,火烧钱一笔勾销了呀。你一直吃,一直摔,摔趴小日本儿就完了。"

"不吃火烧也能摔趴。"

"吃了火烧,摔得更有劲。我看你不是怕还账,是摔不趴。"

"谁说摔不趴?摔不趴我不叫陈铁血。"

"你能摔趴他,吃了火烧也白吃,白吃谁不吃,不吃白不吃。"乌恩看向崔宝义,"小胖子,你说对不?"

崔宝义想都没想就接话:"不光吃,还要多吃。"

陈铁血让乌恩绕蒙了,张执一也有些绕不过弯来,不知是接着吃好还是不吃好。崔宝义这么一说,他们有点开窍了。

张执一问崔宝义:"你算好账了?"

"没。"

"没算好你就说吃?"

"账不用算,叔说了,一直吃就不用给钱,不吃了还没摔趴小日本儿,那就要给钱,你说吃不吃?"

"吃。"

"陈铁血不吃我吃,白吃干啥不吃?不吃是傻子。"

乌恩听他们对话想笑,张执一平时比小胖子聪明,在吃上却没小胖子精,小胖子一下就转过弯了。他对崔宝义说:"你吃不能白吃,谁摔吉野谁白吃。"

乌恩给陈铁血拿了两个火烧。陈铁血吃惯嘴了,见着火烧馋虫又长了三尺,吃得吧唧响。崔宝义说:"你吃就吃,别吧唧嘴,我们在这儿光咽唾沫了,再听你吧唧馋虫爬到嗓子眼了。"

乌恩又拿了两个火烧给他们分吃。张执一不想拿,乌恩执意要送,崔宝义伸手接了过去,先咬了一口。张执一也拒绝不得了,几个人分着吃了两个火烧。

第二个火烧吃到一半,乌恩问陈铁血:"又趴下了?"

哪壶不开提哪壶,乌恩这就不厚道了。可正吃着人家火烧,不能摆脸给乌恩看。馋虫都不乐意他那么干,人不亲火烧亲,火烧真香啊。

"脚下没蹬住劲,打了刺溜滑。"

"你吹大牛吧,还打了刺溜滑,让一条胳膊你都白搭,两只胳膊你更摔不过。"

"你给我火烧吃,叫我摔小日本儿,你还说丧气话,下回火烧不吃了。"

"这半个也别吃了。"

乌恩假意抢没吃完的半个火烧。到嘴的肥肉怎么能吐出去？陈铁血将半个火烧一口塞进嘴巴，咀嚼了半天才咽下去。乌恩扑哧笑了，他说："亏了吧，半拉火烧一口吞下去，连个味儿都没吃出来。"

乌恩不说，陈铁血没觉得吞火烧亏；乌恩一说，陈铁血觉得这么吃败家子。可吞下去又不能吐出来，好在是白吃，没花钱买。

"陈铁血，摔跤可不是你想的使蛮劲撂绊子恁简单。"

"叔，我们在练习摔跤，早晚能摔趴吉野。"

"摔跤有招法，不能瞎摔。"

"做火烧有做火烧的招法，摔跤有摔跤的招法，你做你的火烧，你又不会摔跤。"

"你咋知卖火烧的只会做火烧，做火烧的就不会摔跤？大老杨还是给地主扛活的呢，不也指挥千军万马当大司令？"

张执一听出点门道来，插话道："叔，你会摔跤？"

"要说摔跤，咱蒙古人是祖宗。你到草原上随便拎出个小孩儿，都能摔吉野一溜滚儿。"

对呀，乌恩是蒙古人，打小儿在草原上摔跤。

张执一眼睛亮了，陈铁血更来劲，说："叔，别光给我火烧吃，你教我摔呗，我学会了好摔趴吉野。"

乌恩压低声音说:"这当街到处是日本人的眼睛,我咋教你?告诉我你们在哪儿摔,我去找你们。"

陈铁血说:"大柳屯有个杨树林。"

乌恩说:"大柳屯就一片杨树林,我找得到。这几天晚上月亮大,瞅啥都清亮,晚上在杨树林等我。"

大家一路吧唧着嘴,满嘴喷着驴肉香,走到了大柳屯杨树林。天热难耐,趴到小河沟喝饱了溪水,几个孩子在浅水里洗了澡。

他们摔了几个来回累了,躺在草地上歇乏。蚂蚁爬上大腿,飞虫落在肚皮上,他们一巴掌接一巴掌,拍得啪啪响,然后又去洗了澡,躺在岸边晒肚皮。

陈铁血左看右看:"你们也摔结实了。"

大家都摸肚子、捏胳膊。陈铁血结实了,陪摔的也结实了。他们晒肚皮、拍虫子,还吹牛皮。张执一不爱吹牛,别的同学也不爱搭话,陈铁血和崔宝义捉对儿吹。一个吹一个抬杠,听客们嘻嘻哈哈,有时插几句嘴。

"溥仪修宫殿,挖地基挖出一块青砖,砖上刻着一条青龙,另一面写着仨字——陈铁血。本来得我当皇上,我没当让给了溥仪,我要是当没溥仪啥事。"

"有那好事你会不当?"

"那算啥好事?"

"当皇上还不好?要什么有什么,想吃什么吃什么。想吃火烧就吃火烧，想吃几个就吃几个，还用得着向乌恩赊？你要当了皇上，召乌恩进宫给你当御厨，天天给你烤火烧吃，一个火烧里包进一头驴。"

"小胖子你真没出息，都当皇上了，谁还稀罕吃火烧？顿顿满汉全席，吃一碗倒两碗，一顿饭吃完，还有三百多道菜没动过筷子。"

"真要满汉全席，吃一碗倒两碗，一顿饭下来也能撑死你。"

"我不能啥都吃，剩下那三百多道菜赏给你们吃，你们吃不完兜回家去吃。皇宫里吃饭都斯文，可不能猪拱食似的吧唧嘴。"

"说得跟真的似的，别说吃，见都没见过。要说吧唧嘴，你比谁吧唧得都响。"

"我要是当了，不就见了？咱不是让给溥仪当了吗。"

"你吹破大天吧，真能当皇上你会不当？"

"当皇上是好事，可给小日本儿当儿皇帝咱不干，溥仪爱当儿皇帝他当去。"

歇差不多了，牛也吹得没边了，张执一招呼一声，穿了衣服回家去。张执一起头又唱起了《菜花黄》，又七八个调调儿一路蜂飞蝶舞。

一个下午陈铁血都心不着家，爷爷嘟囔他最近不着调。到了晚上，陈铁血早早来了杨树林，没想到乌恩早来了。乌恩拉着陈铁血坐下，先唠唠嗑："你不怕哪天吉野失手把你摔死？"

"不用失手,吉野哪天都想摔死我。"

"你不怕?"

"总比让他吓死强。"

"你吃亏在下盘。"

"叔,你没看我跟吉野摔,咋知我吃亏在下盘?"

"吉野矮粗胖,像个树墩子,你跟木杆子一样,下盘指定吃亏。"

"叔,我不怕吃苦,你教我摔跤术,回头我自个儿练下盘。"

乌恩从稳下盘开始教陈铁血,扎马步抱树扳树,人和树较劲。陈铁血有些失望,说:"叔,吉野不是树,他不会站着不动叫我扳。"

"你把吉野当棵树不就行了,你能扳倒林子里的树,扳吉野就小菜一碟了。"

"叔,你说得轻巧,我又不是鲁智深。"

"扳树又没叫你真扳倒,抱树扳树,练臂力,稳下盘,练出来你就是一棵树,吉野想扳也扳不倒你。"

陈铁血不再和乌恩抬杠,骑马蹲裆式站好,双臂抱住树干。他听乌恩口令,双脚抓地,屁股下坠,双臂合力扳树。陈铁血有些沮丧,这棵树才小碗口粗,却扳不动分毫,气得他踢了一脚。

"你看我的。"

乌恩跟陈铁血一样的姿势,感觉他没怎么发力,想要树前后摇便前后摇,想要树左右摇便左右摇,柳条一样听乌恩的话。

"叔,你扳倒它。"

乌恩松了手,杨树又直立挺拔。他说:"我要能扳倒树,不也是鲁智深了?"

陈铁血又试着上手,扳了三扳,有些泄气,树还是晃不动。他缠着乌恩先教他绝活,树可以慢慢扳。

"心急吃不了热豆腐,扳不动'死'树,你更扳不动吉野这棵'活'树。"

陈铁血说不动乌恩,扳了大半夜的树,吃的那点粗粮早消化光了,再扳树哪哪都发软。乌恩掏出一个火烧来,陈铁血一口咬了半个,心也多少安慰些。大半夜没学到一招半式,得了个火烧吃也划得来。

"你们快放夏假了,我教你一个月,管保秋季开学能跟吉野掰掰手腕。吉野其实不会啥摔跤术,只是仗着身体长得敦实,气势上也压你一头。"

一个晚上乌恩没教陈铁血别的,只要他扳树。陈铁血看出了乌恩有功夫,小碗口粗的杨树想怎么扳就怎么扳,没点内家功如何能做到?一个月夏假跟乌恩学,准能学来几手摔跤术。他还藏着一个小心机,乌恩慷慨大方,一个月学不来什么摔跤术,也能吃上几十个火烧。

"叔,你跟吉野真有仇?"

"有啊,咱谁跟小日本儿没仇?"

"叔,我懂你说的仇了,你跟吉野有仇也没仇,没仇也有仇,是大仇,不是小仇。叔,摔不趴吉野,我不叫陈铁血。"

"你不用不叫陈铁血,你指定能摔趴吉野。"

"叔,张执一他们问起今晚上你教了啥,你就说教了我绝招。"

"为啥?"

"他们听说我跟你折腾了半宿,只在这干巴巴扳树,尤其那个小胖子,他会笑话死我。"

"好。"

还是没憋住,乌恩扑哧笑了。

第二十章

学校成立了夏假护校队,也看护柿子地。六年级毕业了,护校队都是五年级学生。韩先生没回板城,主动留下来侍弄柿子地。吉野三天回一次双羊镇,摘走熟透的柿子去送人。茂生没被编入护校队,但他每天来学校记柿子账,天黑前再赶回孙家湾。

比茂生还忙的是陈铁血,他晚上要去杨树林学摔跤。除了扳树,乌恩教了陈铁血摔跤术,手把手调教。陈铁血才恍然,原来这摔跤不是使蛮力,这里面的门道多得很。

枯燥无味的扳树扳出了成果,陈铁血腿脚不再发飘。那棵杨树他也能晃上一晃,胳膊没见着变粗,可能发上力了。原来骑马蹲裆式站好,一用力人往上头走,头发有人薅着似的。扳树扳下来,腿往下使劲,脚往土里扎。陈铁血迷上了扳树,见着树就想扳一扳,村人见他没事老扳树,心里直嘀咕:这孩子咋了,魔怔了吧?

乌恩发现陈铁血不光有痴劲,摔跤也很有些天分。乌恩教他摔跤术，他学得有模有样。摔跤"十六式"，乌恩边讲边上手和陈铁血摔。这陈铁血摔得鼻青脸肿却两眼放光。乌恩说学课文你也这么上心，不会比你说的那个李茂生差。陈铁血说不是李茂生，是孙茂生，孙家湾人。他爹孙友礼，他三妹孙雅珍，嫁去胡椒屯刘家当养媳妇，老受她婆婆气。乌恩说你比小胖子还嘴碎，我记错一个姓，你说了一箩筐。

一个假期乌恩教了四种摔跤式：后把背摔、握颈扣腿摔、抱单腿挤压摔、抓腕拧臂绊腿摔。陈铁血还想多学几式。乌恩说这几式够用了，贪多嚼不烂，你把这几式先练熟。

"叔，我把这几式练熟，再长些力气，摔吉野指定跟摔小鸡子似的。"

"也不能那么说，你学了摔跤招式，比吉野的野路子胜算大。不过这些招式要学会变通着用，吉野上过战场，实战比你老到得多。"

"叔，我有些等不及摔吉野了。"

"凡事不能急，一急，十分能耐也只剩五分了，稳得住五分能耐就会有八分胜算。"

陈铁血不是假前的陈铁血了，走路踩地有声，握拳咔咔响，胳膊腿有了疙瘩肉。开学前一天，他约张执一和崔宝义来杨树林。崔宝义捏着陈铁血的胳膊，拍拍他的胸脯说："这乌恩得给你吃了多少火烧呀？"崔宝义三句话不离吃。

"崔宝义你猜着了,乌恩叔真给了我不少火烧。"他走到那棵练功杨树前,双手抱树,左晃右摇,树头也左晃右摇,早黄的杨树叶子唰啦啦落下几片。

"我和张执一可不敢二摔一了。看来你吃的火烧,比我想的还要多。"

陈铁血指着身上的伤疤说:"这都是摔出来的。"

"这得多疼?乌恩下手可够狠。"

"让乌恩叔摔比让吉野摔强。"

"乌恩的火烧不好吃呀。"

陈铁血摊开两手,指着双手上的茧子,说:"起初几天扳树,手心起水疱。疱破了,再扳树钻心疼,挺过去,就成了茧子。"

陈铁血又指着糙皮磨得油亮的杨树树干,说:"这都是咱的手掌磨亮的。"

三个人又在草地上较量,张执一和崔宝义根本摔不过陈铁血。张执一很兴奋:"我们的'摔趴计划'没白费,乌恩叔帮了大忙。"

有日子没见了,三个人有说不完的话。崔宝义和陈铁血又吹牛抬杠,张执一乐得他俩斗嘴耍活宝。后来不斗嘴了,张执一说到了茂生。

"茂生忙得很,每天回学校到柿子地做记录,他是越来越听吉野话了。"

"他三妹呢,怎么样?"

"她婆婆还是很凶，朱云峰去他舅家，亲眼见她婆婆用纳鞋底的锥子扎她手心。"崔宝义说起来气鼓鼓的，"茂生去过一次胡椒屯，那天朱云峰还在他舅家。她婆婆没让茂生见，茂生听见三妹在院墙后面哭，隔着墙喊他三妹，她婆婆轰走了茂生。茂生没走远，听见三妹挨婆婆骂。她婆婆不让茂生见不是因为别的，他三妹身上的伤没好，怕茂生看见。"

"怪不得茂生心里苦。"

他们又说起假期当"小先生"。张执一说他教了两个外地的要饭花子，小要饭花子识字快，脑子灵，《春望》《泊秦淮》教几遍就会背，他还把一本旧课本送给了小花子。

田校长挽留下了冯老师，顶了秦秋农做了三年级级任。学校还缺一位教员，韩先生便当了高小两个班的级任。张执一他们升了六年级，也没有换新教室，看见黄泥刷墨汁的黑板，又想起秦秋农老师来，好在没有秦老师的坏消息。

吉野还是学校主事，朝会上又变身演说家，宣读了"文教部"新训令。新学期全校上操练课，初小每周一个半天，高小每周两个半天。

吉野下达了新学期第一个命令，高小每个学生制作一支木枪，操练课要上劈刺科目。住宿生周一都回家，第二天带一支木枪来。

听说上劈刺课，陈铁血最积极，崔宝义说："你吃了蜂蜜丸了这么高兴？吉野训练我们练习劈刺，他想把我们送上战场当炮灰。"

"小胖子，你说的一半对一半不对，谁说跟小日本儿学劈刺，就要听小日本儿使唤？用小日本儿教的劈刺砍小日本儿脑壳不好吗？"

"要这么说我也好好练劈刺。"

高小学生人手带来一支木枪，有的做得很像木枪，大多不大像枪，有几支枪比烧火棍强不了多少。吉野挑出五十支像样的木枪，给高小两个班轮流上课用，余下木枪分给陈喜安给初小上课用。

田校长发现他对学校正失去控制。吉野比上学期还霸道无礼，根本不听田校长的劝阻。

韩先生也发现了吉野的变化，他暂停了"柿子地课堂"，吉野可能在怀疑柿子地了。

吉野劈刺课用的是真枪，但没有子弹。他亲自示范劈刺动作，学生依样画葫芦，画不好便挨吉野枪托砸，五年级马东林第一堂课门牙就被打落。崔宝义鼻子让枪托扫了一下，鼻血染红了布衫前襟。

陈铁血看不下去，要跟吉野摔跤，张执一死死拉住他。这一拉吉野都看在了眼里，他走到陈铁血面前，冷不防就使起了扫堂腿。陈铁血早防备着吉野偷袭，往外一蹦躲过了这一腿。

交上手了吉野很是吃惊，一个夏假陈铁血跟换了个人似的，不再是程咬金抡三板斧使蛮力。吉野加上了十二分小心，丝毫不敢大意。

陈铁血攒了一个夏天的劲,又少年英气虎虎生风。吉野老奸巨猾仗着老练,他俩五五开摔了个平手。

陈铁血牢记乌恩的话,不急五分能耐变八分,一急十分也只剩五分。吉野比陈铁血急,摔不趴陈铁血脸上难堪,自己趴下更是颜面扫地,以后还怎么发号施令?

同学们都为陈铁血暗暗使劲,摔得吉野四脚朝天才解气。但一时半会儿又看不出输赢来,俩摔跤手累得直哼哼,操场上暴土扬尘的。

陈喜安看出点火候,陈铁血没有吉野有长劲,再摔下去要吃亏,平局收手其实是赢了。陈喜安提前敲响了放学钟,战场上这是鸣金收兵。

陈铁血和吉野都累了,听见钟响吉野先撤了手。陈铁血还想摔,张执一、崔宝义一起抓住陈铁血的肩膀。陈铁血也真累了,心中骂着"鬼子",大口喘气要水。

崔宝义要去井台弄水,张执一说别急着喝,当心凉水喝炸了肺子。

吉野独眼糊了汗水,独眼模糊心却明镜儿似的,他还是败给了陈铁血。

学校后山荒草坡是个乱坟岗子,吉野又起幺蛾子,将操练课拉到了那儿去上,他说学校一点也不像个战场。吉野把自己当成了一个上尉,站在一个坟头上又喊又叫,荒草里列队的学生成了他的士兵。

陈铁血每刺出一枪,心里唱一句"大刀向鬼子的头上砍去"。陈铁血劈刺练得来劲,不知怎么的唱出了声。吉野独眼踅摸了半天,也没找到是谁唱的。陈铁血让他发不起火,劈刺课上得最认真,现在把陈铁血送到前线去,都是一个好兵。

茂生是陈铁血之外最卖力的学生,他不想成为劈刺高手,只想让吉野对他的劈刺满意。茂生因为过于用力,动作反而显得笨拙又僵硬。吉野怒视了茂生几眼,并没有责骂他。茂生害怕,持枪的手在微微发抖。

吉野想抓陈铁血的毛病,狠狠给他几枪托,一解上一回摔跤的恨。可陈铁血劈刺到位,动作、力道、气势都没得说,每一个上尉都该为有这样的兵而兴奋。这么好的一个兵不是哪个上尉都能遇上的。

吉野哪里知道陈铁血的心思,他练好劈刺是为了将来和日本人拼刀。吉野想拿茂生做标杆来表扬,可茂生的劈刺动作实在难看,到了战场上一点用都没有。

荒草坡上没有一点阴凉,一个下午水也不能喝一口。劈刺练完是山岭匍匐,之后是野外伪装潜伏。所有学生原地趴在草里,身上盖了树枝和草,好几个学生趴在野坟边上。

秋天的午后热得像蒸笼一样,汗水糊满了每个人的眼睛,蚊虫在身上乱爬乱咬。再痒再疼也只得咬牙忍着,好歹比吉野的鞭

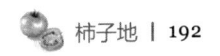

打好受些。

　　劈刺课茂生用功卖力，但怎么做也没有陈铁血出彩，甚至不如张执一和崔宝义，比小蔫巴朱三年还要差些。而潜伏就是一动不动，原地趴得住就行，茂生想做最好的那一个。

　　吉野背着三八大盖，手提着一条牛皮鞭子，站在最大的坟头上监视。他不发话所有学生就要一直潜伏下去。

　　太阳像长在了天上，往日跟小年轻似的脚步嗖嗖快，这个下午却像老头儿似的慢慢腾腾，在天上趴得比潜伏的学生还老实。

　　吉野打定心思，一直训练潜伏至天黑。他得意这样的课堂，学生们越发听话，连陈铁血也不再作对。他隔一会儿便看看陈铁血，这家伙真是一个好士兵。他也会看几眼茂生，陈铁血有茂生那么听话该多好。

　　茂生趴在一个坑里，看不出是树坑还是一个坟坑，趴到哪儿算哪儿。地不平整趴起来更难受，这些茂生都能忍受，他决心要做给吉野看。

　　草丛里忽然有响动，他以为是耗子，待那东西露了头，才看清是一条长虫。长虫看上去并不大，它看见茂生又缩了回去，茂生也松了一口气。没一会儿长虫又钻了出来，还向着茂生爬过来。

　　茂生念叨着长虫别向他爬过来。这念叨却成了召唤一样，长虫曲曲弯弯向他爬来。

　　茂生打一下长虫，哪怕用草棍捅一下长虫，它都可能爬到别处去，可茂生一丝也不敢动。

茂生手指抠进泥土，尽力让自己不抖动。微微的一丝战栗，身上的草都会动，都可能惹怒吉野。

长虫快到眼前又爬慢了，这让茂生又燃起希望，或许它会改变方向爬走。茂生能动的只有眼珠，他向着长虫瞪眼，想瞪走这个不友好的家伙。长虫不理会茂生的眼睛，扭几扭便到了茂生下巴底下。

茂生通过闭眼来减少一点恐惧。长虫喳喳爬动，茂生胳膊一阵冰凉，长虫爬进了他的袖筒。长虫的凉让茂生觉得天咋这么热呀。茂生觉得胳膊肘让针刺了一下，没多久他想动都不能了。

早过了放学时间，吉野还没有下命令。学生们实在潜伏不下去了，他们又不想头一个放弃，在等一个带头的人，心里喊着陈铁血呀陈铁血。陈铁血也早就不耐烦了，他没站起来是想看自己能趴多久。

看看天将黑，还没有下课的意思，陈铁血也不想趴下去，他第一个站了起来。吉野刚要举鞭子奔他来，学生们一个接一个都从草里站了起来，鞭子就近抽在了王福义身上。

还趴着的只剩茂生了。吉野吼骂了一通，指着茂生说："你们都要学孙茂生，他才是真的'一德一心'，大大地有出息。"

茂生还是那个姿势趴在坑里，晒蔫巴的草盖着他的身体，他伪装得很好。

"孙茂生站起来才算下课,孙茂生一直伪装潜伏下去,就都得在荒草坡上陪着孙茂生。"

眼瞅着天黑了,离茂生最近的崔宝义说:"茂生是不是睡着了?"

听说茂生睡着了,大家出了声骂茂生:"说是伪装潜伏,他跑这里睡觉来了,害得大家在这傻等。"

吉野听说茂生在睡觉,他也过来查看,见茂生姿势僵硬,不大像潜伏的样子。

吉野像受到了极大侮辱一样,抡起鞭子抽打茂生。草叶乱飞,衣服被抽碎,茂生一声哼哈都没有。

陈铁血抱住了吉野,他大喊:"别抽了,茂生死了。"

大家这才信自己的眼睛,茂生不是在忍受鞭子,是死了。

陈铁血又一次激怒了吉野,吉野一鞭子抽在陈铁血腰上。陈铁血没有跟吉野纠缠,他蹲下去把茂生翻过来。茂生的脸扭曲着,青紫吓人。

吉野又一鞭子抽在陈铁血后背上。

陈铁血抱起茂生,茂生胳膊耷拉下去,小长虫从他的袖筒里掉了出来,嗖嗖响着爬进草丛。好多人都看见了长虫,朱三年吓得尖叫了一声。乡下孩子都认得长虫,这是一条叫花练子的毒长虫。

吉野依然喊叫着茂生在装死,甩着鞭子不停抽打茂生。张执一和崔宝义先靠过来挡住了茂生。同学们一个接一个也围上来，护着陈铁血抱着茂生走下乱坟岗子。

田校长求了一辆毛驴车，他和韩先生送茂生回孙家湾。没人去饭堂吃晚饭，都在宿舍里蔫头耷脑。

陈铁血开了一扇窗，坐在窗台上不睡觉，等着吉野来找他碴儿。吉野始终没有现身，也没有来查寝。张执一怕陈铁血冲动，始终薅着陈铁血的胳膊。

揭示板在月光下黑漆漆的，黑板上还有茂生写的粉笔字，而那个写字的孩子再也不能写了。即便茂生每天都抄一张让人反感的板报，陈铁血也情愿茂生还活着。茂生如实记录柿子地，一点也不肯马虎，青的多少，红的多少，让他偷不了柿子吃。他宁愿一直偷不了柿子，也想茂生能活着。

田校长和韩先生一夜未归，陈铁血不知茂生爹娘会怎样。茂生是他们的命根子，为了让茂生念书出人头地，他们把十岁的小女儿嫁出去当养媳妇。可他们的儿子茂生，就这么让一条长虫咬死了。

快到中午田校长和韩先生才回来，陈铁血他们围上来问。韩先生说茂生娘见到死去的茂生哭疯了，他爹抱着茂生哭到发不出一丝声音。茂生一死，孙家的天也塌了。

陈铁血伤心地蹲在地上，捂着脸大哭："茂生本不该让长虫咬死啊！"

第二十一章

吉野当起了柿子地记录员,除了茂生他信不着别人。

很快时节进了老秋,一早一晚很凉了。柿子秧也快要扒架了,柿子结得也少了许多。吉野挑了两个大青柿子留种子,把这两棵秧上的花都掐掉,一棵柿子秧只结一个柿子。

又到了周六中午放学,陈铁血几个刚走出校门,见一个疯女人正拉住一个学生,那学生吓得挣脱跑开了。吕广大说疯女人是茂生娘。茂生娘不认得别人,只认得吕广大。她拉住广大说:"我儿茂生还在抄板报吗?"

陈铁血几个听了难过,前几天茂生还抄板报。张执一说:"广大,咱们把茂生娘送回去,别让她在校门口问来问去,吉野知道这是茂生娘,还不知会怎么羞辱她。"

吕广大安慰茂生娘,说:"婶,茂生没抄板报,茂生回家了。"

"我没看见我儿茂生。"

"婶,学生多,放羊似的,茂生没看见你,跟我一起回家吧,茂生到家看不见你,他会急哭。"

"茂生眼泪疙瘩金贵,他不哭。"

"张执一,我舌头笨,说不走咋办?"

"等等看吧。"

所有学生都走光,再也没有学生走出来。张执一说:"婶,你看,学校里没人了吧? 茂生真回家等你了。"

"那得快些走。"

张执一几个忙围着茂生娘,一口一个婶簇拥着往回走。一路上茂生娘时不时停下来,回头看看茂生有没有跑来。离孙家湾还有五里多路,走来一个瘦瘦的女孩子,老远喊娘。吕广大悄悄说是雅珍。

茂生之死传到了胡椒屯,雅珍天天躲在一边哭。又听说娘哭疯了,雅珍又哭得不行,偷着跑回了孙家湾。进门没见着疯娘,村邻说去学校接茂生了。

"你喊我娘做啥? 你又不是我儿茂生。"

"娘,我是雅珍。"

茂生娘想了又想,一笑:"你是茂生养媳妇。"

"娘,我是你闺女,茂生是我哥。"

"你不给你哥做饭吃,你跑出来干啥?"

"娘,我哥不在家。"

茂生娘看着张执一说:"你们骗我,茂生在学校抄板报呢。"

陈铁血给雅珍使眼色,拉到一边去说了他们是骗她娘回来的。雅珍改口说:"娘,我哥在家呢,我给他做好饭才出来的。"

"你哥是谁?"

"我哥是孙茂生,学习好,会抄板报,脑子也灵,将来有大出息,我们都借我哥的光。"

"我儿茂生能有大出息,孙家祖坟冒青烟。"

"娘,我们快回家吧,我哥等着你吃饭呢。"

张执一几个看着雅珍领着娘回家去,站在路上都哭了。茂生活着多好,他们啥也不怪茂生。

五年级陈河东被选为新板报员,这是个说话不敢正眼看人的男孩。听说吉野要他来抄板报,陈河东一个上午一句话没说。中午下课陈河东去找吉野,走到操场中间突然抽起了羊角风。

学生们去找了韩先生来,好一阵舞弄也不见好。田校长说快送中药铺找胡先生。吉野横扒拉竖挡着不让去,他说陈河东在耍把戏,不想抄板报。

"你没看都吐了白沫?"

"这些学生狡猾得很,一不留神就让他们的戏法骗了。"

田校长推开吉野,抱起陈河东,韩先生托着头,陈铁血托着腿,送到了中药铺。老先生见了陈河东,把过脉翻过眼皮说:"再抽一会儿,没救了。"

老先生灸了十几根针陈河东才好转。田校长长出一口气,亏了没听吉野的,再争论一会儿又是一个孙茂生。

夜里空气凉,宿舍要关窗睡了。不知过了多久,他们听到一些奇怪的声音。崔宝义打横靠着窗睡,陈铁血要他向外面看看。崔宝义懒,吧唧着嘴翻个身又睡去。声音很响地传进来,像在打斗。陈铁血好奇,爬到靠窗这面炕上,趴在窗缝向外看。月光不很亮,影影绰绰有两个人在摔跤。

一个是吉野,另一个蒙着脸,像极了乌恩。陈铁血按捺不住激动,他真想推开窗子,跳出去助乌恩一臂之力。看过几眼他又放心了,吉野根本不是乌恩的对手,乌恩在拿吉野摔着玩儿。

张执一问陈铁血:"你看见啥了?还看起来没够了?"

"好戏好戏,吉野挨摔呢。"

一句话说得满屋子人都爬起来了,连崔宝义那么懒,都爬起来看。几扇窗子几条窗缝,一个脑袋压着一个脑袋。

吉野像疯狗一样扑上来,乌恩抓住吉野手腕,抬起膝盖顶在吉野肚子上,另一只脚在吉野脚后跟一踹,吉野摔个四脚朝天。

吉野要回办公室去拿武器,他有一支"三八大盖",没有子弹却有真枪刺。乌恩扯住吉野,一个背摔吉野又四脚朝天。吉野上课怎么摔学生的,乌恩怎么摔吉野,直摔到吉野像死狗一样起不来。乌恩将吉野塞了嘴巴,捆在门前的柳树上,抽了吉野几个耳光,大摇大摆地走出了学校。

第二天,天大亮了,韩先生才开门,夜里的打斗他也看了个清楚。听韩先生开门,学生们才开门。这时他们才看清,吉野嘴巴里不只塞着烂布,还有一根猪尾巴。

韩先生假装吃惊,小跑过去解救吉野。吉野鼻青脸肿满身受伤自不必说,后半夜寒凉冻得他手脚麻木舌头僵硬。他含糊不清地谢过了韩先生,晃悠悠地回了办公室。

吉野没有大发雷霆,一个上午没有出门,谁也不知他在干什么。田校长到校后去看吉野,敲了半天门也没让他进去,隔着窗子说了几句话。

吉野没去喊伪警来破案,他什么反应都没有。学生们一直憋着笑,等着吉野出门看他鼻青脸肿的样子。吉野始终没有出门,午饭也没有吃,也没叫人给他送饭。

吉野在夜里悄悄离开了学校,给田校长留了一张纸条,说去城里看望朋友,要过几天才会回来。消息在学校里传开,说吉野害怕了、溜走了,但愿这个瘟神不要再回来。

没人知道吉野去了哪儿,陈铁血去问田少康,田少康也摇头。陈铁血叫他回家问问他爹。田少康第二天来找陈铁血,他爹说吉野在城里日本人医院治伤。吉野没敢说夜里挨了打,只说喝多了酒摔在水沟里,喂了一夜蚊子。

陈铁血问韩先生:"吉野还会回来吗?"

"他不回来能去哪儿?他是个独眼废人,只会在学校欺负人,在大久眼里,吉野不如一块狗屎。"

听说吉野会回来,陈铁血说:"回来就好。"

"他不会咽下这口气,一定会丧心病狂地报复。他这个人,越悄没声儿的,越可怕。"

"吉野是个瘟神,你还盼着他回来?不回来才是谢天谢地。"崔宝义瞪了几眼陈铁血。

"吉野不回来,我白学摔跤了,我还没有摔趴他。"

"吉野不回来,也会有中野、小野、大野来双羊镇,一个日本鬼子就是一个瘟神,走了一个瘟神,还会有下一个瘟神来。"

"韩先生,我还是想摔吉野,没有他,茂生也不会死。"

没有了茂生数柿子,吉野又进城去治伤了,柿子地再没有眼睛盯着。陈铁血想把吉野留种子的柿子摘掉,韩先生没让摘。

"吉野忘了哪个柿子,也忘不了这两个,柿子地有的是柿子,为啥偏要摘这两个?"

陈铁血夜里进了柿子地,摘了一些兜回来和他的同学一起吃。有同学不大敢吃,陈铁血带头吃,他说:"柿子地咱种的,地也是我们的,凭啥不吃?吉野回来,想吃可吃不到了。"

一兜柿子一屋子人吃光。以前睡觉嘴巴苦,一嘴苞米楂子味儿;吃了柿子不一样,满嘴甜丝丝,哈一口气都是柿子味儿,睡觉都像躺在柿子地里。

"柿子可比咸菜味道好多了。"朱三年还在吮手指,手指上还有柿子味。

"就怕吃刁了嘴,再吃咸菜咽不下去了。"崔宝义说。

陈铁血想起茂生来。茂生比谁都辛苦,别人种柿子都是轮着来,进柿子地也不为种柿子。茂生那么听吉野的话,一个柿子也没吃到。

陈铁血推了推张执一:"去看看茂生吧,给茂生偷一个柿子带上。"

崔宝义抢话反驳:"茂生记了那么久柿子账,害得我们没柿子可偷,少吃了多少柿子。"

"这不能全怪茂生,他不给吉野记柿子账,吉野就得开除他,"张执一叹了口气,他也想茂生,"茂生只想好好念书。"

没睡着的同学听见他们说话,有的说应该偷一个柿子带给茂生;也有的说不该,给茂生带了柿子他也不敢吃,他怕吉野怕到了骨子里。说来说去,说该去的还是占了多数。都困了,睡了,只有陈铁血和崔宝义还在说。

"我不反对去看茂生,我是觉得茂生不一定爱吃柿子。"

"崔宝义,你吃了柿子爱吃不?"

"刚说过了嘛,好吃的吃过了都爱吃。"

"就是嘛,茂生吃过了也会爱吃。"

"柿子带给茂生,茂生也吃不到了,看完茂生把柿子给雅珍吃吧。"

"不知雅珍还在不在孙家湾了,她可能回了胡椒屯,她是刘家的养媳妇。"

"那我们就带上两个柿子,雅珍和她娘一人一个,如果雅珍回了胡椒屯,俩柿子都给她娘吃。"

周六放学过乌恩火烧铺,大家跟乌恩打了招呼。乌恩还要陈铁血吃火烧,陈铁血笑嘻嘻地小声说:"摔趴了吉野再来吃。"

"好啊,摔趴了吉野管够吃。"

他们去了孙家湾,先去西山坡看茂生的坟。那是一个很小的土包包,若不是新土堆,没人会认为这是一座坟。没来孙家湾,嘴上说想茂生,还没觉着什么,看到了小土包,几个男孩各哭各的。俩红柿子摆在坟上,陈铁血和崔宝义哭得最响。崔宝义哭着数落茂生的不是,陈铁血哭着数落自己的不是。张执一只是哭,没有话。别人都是抹泪。

才几天呢,茂生就是一堆土了。

哭完要走了,陈铁血说:"茂生,你吃柿子呀。"

一句话又说下一轮眼泪,他们都说:"茂生,你吃柿子呀。"

下山进了孙家湾村屯,茂生家空无一人,邻居说孙家人逃荒去了。他们都愣住,茂生才死几天,他爹娘就逃荒走了。去哪儿了邻居也不知,孙友礼走时只说去草原。

"茂生娘好了吗?"陈铁血问村邻。

"还疯着,想茂生想的。"

就是雅珍偷着回来看娘那天,刘婆子追到了孙家湾。她给雅珍罗列了一堆"罪名",什么不经婆家允许私回娘家,什么懒啊馋啊饭吃得又多啊,还想着学什么诗啊,妄想有一天考个女状元啊……

刘家人打劫一样,把孙家院子里的锄头啊镐头啊都拿了去,顶了刘家的财礼。孙友礼没有阻止刘家人,反正家里也没有什么了。

在乡下退婚是不体面的事,可张执一他们替雅珍高兴。雅珍能陪她的疯娘了,茂生也会安心吧。

他们离开孙家湾,走到刘哈屯的交叉路口。

"柿子还没吃。"崔宝义先咽了口水,"我们给茂生吃过了,雅珍和她娘又不在,不如我们吃了吧。"

崔宝义见无人反对,从陈铁血手上拿过一个柿子咬了一口,很响亮地嘬了一口汁水,把嘴角的柿子汁也舔进了嘴巴。

陈铁血生气地说:"崔宝义,你不只长得像吉野,吃柿子也像吉野。"

崔宝义不搭言,又咬了一口柿子,又很响亮地嘬柿子汁水。

"崔宝义,你吃了两口柿子。"吕广大提醒了大家,再傻看下去,柿子都要叫小胖子吃光了。

"第二口我替茂生吃的,我们每个人都替茂生吃一口吧。"

第二十二章

原田回来了。

消息刚传到学校,大家以为原田又回来做主事,吉野受了辱不回来了。然而,很快就弄清楚了,回来的是原田的骨灰,他在与抗联作战中被打死了。

双羊镇有一座臭名昭著的"忠灵庙",供着七个日本兵的骨灰。双羊镇人称那庙为"鬼庙",常年有日本兵和伪兵看护,经过庙前要行"最敬礼"。双羊镇人躲得远远的,渐渐那庙的近处也荒凉起来。

原田骨灰两天后到沟桥车站,双羊镇要举行迎接仪式。这样的迎接不是头一回,每送回一罐骨灰都要迎接一回,连小学生也要在正街列队行"最敬礼"。

小岛将带着宪兵去沟桥车站接骨灰,伪兵、伪警们维持街上秩序,镇公所组织老百姓列队迎接。田宝三通知了商铺,门窗上要悬挂黑纱白花,小学生在镇街最显眼一段列队。

大久给小岛打来了电话,他听说原田有个义子叫原田少康,叫小岛带上原田少康去沟桥车站,赤西大佐也要来双羊镇。这让小岛倍感紧张,仪式不能搞砸,要让赤西大佐满意。

田宝三听说要田少康去接原田,乐得不知说什么好,他做梦都想结交大久。田少康的表现要是让赤西满意,大久也会感谢他田宝三。田宝三立马去学校接回了田少康。

听说要他去沟桥车站接原田,田少康说:"我不去,同学们都骂我是小假洋鬼子。"

"随他们怎么骂,还有人骂我更难听的呢。"

"爹,你受得了,我受不了。他们还说我给原田当干儿子是认贼作父。"

"原田死了,你不是他干儿子了。"

"我不是了,我也不去接了。"

"这可是大久打来的电话,小岛特意赔笑脸来找我。少康,那可是小岛,双羊镇谁惹得起?"

"反正我不去,我去了沟桥车站,在学校更抬不起头了。"

"谁敢说三道四,爹给他抓去灌辣椒水。"

"爹,大久杀了很多中国人。"

"少康,咱是满洲人,不要说中国人,日本人听了去,爹这个脑袋就要搬家了。"

"反正我不去沟桥车站。"

"你是不是让那个陈铁血吓怕了？你别怕他，早晚他得吃大亏。听说他老想着摔趴吉野，简直不要命了。"

"爹，你去告诉小岛，我不去车站接原田。"

"去不去你说了不算，爹说了也不算，小岛说了也不算，大久队长说了算。"

田少康争不过田宝三，知道他爹最怕大久。他想找韩先生说说，他不想去沟桥车站。刚要出门去学校，田宝三说："从现在起你哪儿都不要去了，明天也不要上学了，小岛队长一会儿派车来接你。"

"爹，我明天要上学，不能落下功课。"

"功课没有去车站重要。小岛队长要带你进城去学礼仪，赤西大佐会同车护送原田骨灰来双羊镇，这个迎接仪式绝不能出错。你还要穿和服，小岛队长已找人去给你做了。少康，你这次做好了，大久队长高兴，赤西大佐高兴，你兴许能去奉天满铁学校。我一直托人求大久队长保荐你，这是个绝好的机会。"

"爹，我哪儿也不去，就在双羊镇小学。"

一辆小汽车来接田少康。出门前娘又叮嘱了他，要他听小岛队长的话，日本人要求怎么做就怎么做。田少康眼泪汪汪，他没有回答他娘。

这半年来田少康跟以前不一样了，不再满嘴日本话。茂生之死让他连续几天睡不好。这个学期韩先生做了级任，他开始尊敬他的先生。

小汽车停在田家门口,田宝三故意大声喊田少康。街对面站了不少人,也有田少康刚放学的同学。后座上坐着一个日本女人,女人身上散发的香味让田少康一阵阵反胃,他尽量靠向车门一侧。

汽车在一所院子前停下,田少康不敢下车。日本女人向他笑了,说:"原田少爷,下车吧。"

田少康身子激灵一下,紧紧贴住车后座,双手撑住座椅。在街上有人叫他田少爷,那是因为田家在双羊镇有势力。日本女人叫他原田少爷,把他当成了日本小孩,他是原田介的儿子了。

田少康的反抗毫无用处,车门让一个日本兵拉开。女人喊日本兵松本。松本掐住田少康的胳膊,他再也撑不住座椅,松本面无表情地将他弄下了车。

这是小岛在县城的家,女人是他的妻子。小岛特意将田少康接到家里来,要妻子教田少康礼仪,他要让大久和赤西满意。

小岛的儿子跟田少康差不多大。小小岛穿着和服,在门厅里迎接田少康。小小岛的问好,让田少康有些不知所措,慌乱得要扭头走掉。小岛妻安抚田少康,要他和小小岛一块儿玩,成为要好的伙伴。

田少康没跟小小岛一起玩,独自坐在客厅里。小小岛热情地邀请他去吃饭,他吃了半碗白米饭便不再吃。田宝三给日本人做事,他家不缺白米饭吃。小岛妻给了他一个柿子,还说这是双羊镇的番茄。

田少康想到了学校的柿子地,他拿着柿子没吃,忽然问:"这是吉野送来的吧?"

"你怎么知道的?吉野经常送番茄给我父亲,不过他有好几天没送新鲜的番茄来了。"

田少康当然知道吉野这几天不会送番茄来,他没有将吉野挨打受辱的事说给小小岛听。小岛妻离开了餐厅,小小岛说:"我母亲和父亲不喜欢吃番茄,吉野送来的番茄大都烂掉了。我喜欢吃番茄,可母亲不让我多吃。"

小岛家不喜欢吃番茄,烂掉也不告诉吉野,吉野还屁颠颠地往城里送。那可是陈铁血他们种出的番茄呀,就这么白白烂掉了。

小岛妻领进来一个理发师,要给田少康理跟小小岛一样的日本头。田少康在这个院子里没法反抗,他只能听从摆布。剪完了头发,小岛妻给田少康找了一套小小岛穿过的和服。

松本帮忙给田少康换上,小岛妻把田少康拉到镜子前。田少康认不得自己了,镜子里多了个日本小孩。他羞愧极了,自己真成了原田少爷。

小岛住的这座院子,原来是户富裕人家,除了正房和门房,东西两边有厢房。小岛妻将田少康带到东厢房,教田少康穿和服走路的要领。

田少康成了舞台上的小木偶,小岛妻提着线摆弄着他。田少康野惯了,穿和服走路别扭。小岛妻要小小岛走给田少康看,田少康看过几遍还是走不好。他打心眼里看不起这种走路姿势,但他不敢说出来,还要装作很喜欢学。

然后学哀伤礼,表情要沉重,而田少康的脸始终哭丧着。小岛妻有些不耐烦,说:"真该把你送去宪兵队,让士兵们训练你,小岛君非要接到家里来。"

田少康的哭丧脸没法让小岛妻满意,她突然变脸,厉声训斥:"哭丧脸是对原田君不够敬重的。"

田少康听出小岛妻对他的厌烦,他不敢多说话,哭丧脸没有一丝改变。小岛妻喊来松本,要松本给田少康示范表情。小岛妻带走了她的儿子,东厢房里只剩了松本和田少康。

房门关严,松本面露狰狞,仁丹胡一撅一翘。田少康头皮发麻,不知松本会不会弄死他。

"你是原田君的儿子,原田君是你的父亲,你的父亲死了,你的脸该是什么样?"

田少康怕得说不出话,他的头不住地摇来摇去,松本扳住他的头:"你就想你死了父亲,你要去接你父亲的骨灰。"

田少康想起陈铁血,他怎么就不怕吉野呢?一想到陈铁血,田少康鼓足了勇气:"我的父亲没死,他叫田宝三,在双羊镇。"

"从现在起,你的父亲是原田介,他战死了,你要去迎接你的父亲归来。"

"我叫田少康,不叫原田少康。"

松本掐住田少康的下巴,一点一点托起来,田少康下巴颏仰得难受,他的脖子要仰断了。

"你能姓原田,做原田君的儿子是你的荣耀。"

"我不稀罕这份荣耀。"

田少康这么回答,松本显然没有想到。要不是小岛叮嘱过,在接回原田骨灰前,谁也不能惹哭田少康,松本早就失去了说话的耐性。

"大日本帝国和满洲帝国是亲邦,亲邦懂吗?就是父亲和儿子。"

"我不是满洲国人,我是大国人。"

田少康本想说是中国人,看见松本脸部开始狰狞,人脸露出了狼相,他突然又胆怯了,改口说成了大国人。松本忘记了小岛的叮嘱,他被田少康的"大国人"激怒,打了田少康一记响亮的耳光。

田少康被打了耳光后,突然不怕这个松本了。日本人没别的本事,只会打小孩子耳光。小岛妻推门进屋,训斥了松本:"松本君,你太冲动了,小岛君交代过,谁也不能打原田少爷。"

松本双腿并立,低头听小岛妻训斥,不停地喊着"哈依"。后来小岛妻赶走了松本,笑着喊田少康原田少爷,说明天再慢慢来,先去睡觉。

小小岛要和田少康一起睡，小岛妻制止了她的儿子，悄悄说田少康身上有虱子。田少康被松本带到了一间小黑屋子里，房门从外面锁住。

田少康想起了学校，想起了陈铁血，还有韩先生。明天上学，看见他上了日本人小汽车的同学，会告诉陈铁血和张执一他们，田少康去沟桥车站接原田骨灰了。他们又要骂他小假洋鬼子，若知道他作为原田少爷去接骨灰，会直接喊他小鬼子。

夜很深了，田少康才迷糊着睡去。

天亮时小小岛来敲门喊田少康起来。田少康睁眼发现陌生的床，不是他家的火炕，他慌张极了，好一会儿才缓醒过来，想起自己睡在小岛队长家里。小小岛趴在门缝往里看，说："你还不快起来，松本骂你懒得像头猪。"

早饭没邀请田少康一起吃，松本端饭来让田少康快些吃，还要加紧练习哀伤礼仪。

上午小岛妻坐着小汽车出门了，只有小小岛、松本和田少康在家。小岛妻不在跟前，松本对田少康恶言恶语，不停地呵斥，倒是没有再打田少康耳光。

小岛妻回来后，田少康演了一遍礼仪。小岛妻夸奖了田少康和松本："小岛君要原田少爷去沟桥车站，在车站完整演练一次。"

吃过午饭，一辆军用卡车来接田少康。小小岛来小屋子找田少康，田少康等着松本来喊他。田少康厌烦这院子里的日本人，但他对这个小男孩印象不坏,他想邀请小小岛去双羊镇。小小岛站在门口,挡住了门口射进来的光。

"松本君说大日本帝国和满洲帝国是亲邦,是父亲和儿子。那我是你的父亲了,我们不能做伙伴,你要喊我父亲,也就是你们喊的爹。你快喊我爹,你喊呀,你不喊我不让你出门。"

松本在喊田少康了。小小岛这一段话等于抽了田少康一万次耳光,像铁匠铺里打铁一样在脸皮上冒火星,这份羞辱比松本打的耳光还大一万倍。小小岛还挡着门,他挡住了光,看上去是黑色的。

松本在院子里等得不耐烦了。

田少康笑着走到小小岛跟前,盯着小男孩眼睛又笑了一下。小小岛双腿劈开叉在门槛上,说:"快喊呀,你喊了爹,我就放你出去。"

田少康声音很轻,但很清晰地说:"小鬼子。"

他一把揉开了"小鬼子",小小岛的头在门框上磕了一下,很闷的一声让田少康很快意。阳光晃了他的眼一下,他挺着胸脯走出了屋子。

"我和你闹着玩的。"

田少康没再回应小小岛,他出了院子坐上了卡车。

小岛队长和田宝三在车站等。见到小岛队长,松本阴沉的脸立马开晴,当面表扬了田少康。田宝三向两个日本人赔笑,要田少康谢谢小岛队长。

"田主任,你应该知道明天有多重要,你要叮嘱你的儿子,不要搞出乱子来。"

田宝三比小岛高半头,跟小岛说话却矮半截,他说:"请小岛队长放心,少康不会出乱子。"

整个下午田少康都是木偶,在站台上让小岛摆弄来摆弄去。比他更累的是他爹田宝三,一边担忧田少康演砸,一边看着小岛脸色。

从沟桥回到双羊镇,田少康从日本人的车上下来,茫然地站在家门前。又赶上放学时间,有同学打他家门前过,他听见了议论声。

"田少康家来了个日本小孩。"

"那个是田少康。"

"人家是原田少爷。"

一整晚田宝三都忐忑不安,田少康听见他爹在外屋走来走去。田宝三怕田少康夜里生病,或是睡不好觉。明天在车站搞砸了仪式,讨不好大久不说,田宝三好日子也到头了。

田少康也睡不着,自己怎么就成原田少爷了呢?原田少爷也不光彩,但总比原田少爷好些。田少康知道明天无论如何都要做一天原田少爷,去站台上抱原田的骨灰匣。他眼前出现了原田怕人的脸。学生背后喊他"半拉屁",因为原田常用一根木棍当枪使,在学校里练习瞄准,大喊"半拉屁地给",学生便给他取了外号"半拉屁"。

田少康做了原田义子,学生也喊过田少康"小半拉屁"。田少康去原田面前告状,原田找来喊"小半拉屁"的学生,一顿毒打后开除,学校里才没人敢叫。田少康后来知道,别人只是不当面叫他,背后还这样喊他,还喊他小假洋鬼子。

田少康被早早喊起来,洗澡水在木桶里冒着热气,散发着和小岛妻身上一样的香味。田少康又是一阵反胃,他不想洗澡。田宝三说这是小岛吩咐过的,要沐浴熏香更衣,澡桶里泡的是他专门派人送过来的香料。

田少康洗了澡,他娘捧来一身新的黑色和服,小岛专门为这次仪式找人给田少康裁的。穿好和服站在镜子前,他看见了黑布裹着的小人,一张白惨惨涂了粉的小脸吓得他后退了一步。他娘扶住他说:"少康,今天你就是原田少爷。"

田少康咽不下去饭,他娘劝他多吃些,火车要是晚点,饿了也没法吃午饭,手可千万不能哆嗦。

接他的汽车在门口摁喇叭。还是前天晚上那辆小汽车,这次松本亲自驾车。双羊镇谁有这样的待遇?他爹坐过小汽车,但从来没有跟日本人同乘过。田少康是这个早晨的主角,一个黑色的主角,他要去做原田少爷了。

松本在大门外高喊:"原田少爷好。"

田少康黑衣白脸地走出家门,他又在围观的人群里看见了同学。吉野不在学校,他们不用那么早去学校。他在同学的脸上看出了鄙夷。他的鼻子抽动几下,肩膀耸动,哇啦一声哭了出来。

田少康大哭让田宝三慌作一团,围观看热闹的人群也骚动起来。松本也始料未及,他质问田宝三:"这么重要的日子,你的儿子为什么哭?"

田宝三安抚着田少康,又要对松本赔笑脸。

田少康知道自己搞砸了,恐惧让他哭得更响。他娘说:"少康,你今天是原田少爷。"

"对啊,少康,你今天不是我儿子,你是原田君的儿子,你是原田少爷。"

田少康停止了哭泣,他娘帮他擦去泪水,喊女佣去找脂粉来,她要给原田少爷补妆,可不能这么满脸花去车站。田家门前人聚多了,田少康的同学也多了。田宝三让家丁赶散看热闹的人。

田少康止住哭泣,他不能再哭了,哭多久都要去车站做原田少爷,他是大久队长亲点的主角。

松本不依不饶,又质问田宝三:"你的儿子为什么会大哭?这很不吉利,他是不想去迎接吗?"

田宝三张口结舌,不知该怎么堵住松本的嘴巴。倒是少康娘稳住了神,微笑着对松本说:"松本君,他不是不爱去车站,他是太悲伤了,太想念原田君了。"

松本向少康娘竖了大拇指。显然,他对少康娘的回答很满意。

一个儿子去接父亲的骨灰当然要悲伤,这份哭泣是要颂扬的。田少康听见松本拉长音说了一句"腰细"。

女佣拿来了胭脂粉盒,少康娘劈手打了女佣一个耳光,大声骂:"蠢货,拿错了,是小岛君特意送来的脂粉。"

女佣捂着脸又去找脂粉,田宝三笑着对松本说:"这些昏头昏脑的下人,没一个有用的。"

女佣取来了小岛送来的脂粉,半跪在地上打开了盒子。浓浓的胭脂味呛得田少康作呕,他咬着牙不让自己吐出来,在心里骂:"这个该死的原田,该死的松本,该死的小岛,该死的大久,该死的……"

第二十三章

　　田少康不去上学了，田宝三劝了好几回也没用。他说怕他的同学喊他原田少爷。田少康不去上学，一丝没影响田宝三的好心情。大久在赤西大佐面前露了脸，大久对田宝三当然很满意。田宝三趁机拿了厚礼，进城去拜见了大久，和大久结交成了朋友。

　　"不去上学就不去吧，双羊镇小学也没啥好上的，跟一帮泥猴子能学出什么好来？可恨那个叫陈铁血的，差点把少康带坏了。我再跟大久套套近乎，将来送你和少康去日本。"

　　少康娘听说能去日本，眼睛像花灯一样亮了。她跟一些日本随军太太见过几面，很想去日本过生活。她忙去把消息告诉她的儿子。

　　"少康，你爹说讨好了大久，送我们去日本。"

　　听说要去日本上学，田少康又想去双羊镇小学上学了。她娘一口否定了田少康的想法："双羊镇小学能念出什么来？"

　　田少康心事重，病下了，她娘带他进城去日本人的医馆看病。

陈铁血听说了田少康去沟桥的细节，知道田少康自己不想去，没怪田少康。他跟韩先生说想找田少康回来上学，韩先生支持他去找。后来田少康病了，去了县城看病，陈铁血也没再来找他。

这天田校长和韩先生都不在校，去了邻镇小学观摩课堂。吉野却突然出现在校门口。他离开学校近三个星期，脸上伤疤完全好了，坏眼上多了个黑色眼罩，看上去更让人害怕。

有些学生还在路上撒欢儿，当他们看清了把门的瘟神时，都小跑着往学校赶。少不了有学生被抓，吉野没有马上惩罚，让他们背靠着墙站成一长溜。

上学到校时间过了，他要陈喜安堵住大门。被抓的学生开始瑟瑟发抖，不知道养伤归来的吉野会拿什么花招来惩罚他们。

陈铁血最担心的是乌恩叔，他还在街上没事人似的卖着火烧。吉野一定会报复他。陈铁血暗暗打算，要去告诉乌恩叔一声吉野回来了。

吉野抽刀出鞘，刀苗子在晨光中明晃晃的。学生们都啊一声，这是一把真的日本指挥刀。小一点的学生吓哭了，一时间墙边嗡嗡嘤嘤。

吉野举着战刀，独眼睃过来睃过去，走到了五年级杨树根跟前，用刀尖子指着他的肚子。杨树根紧张得手脚一起抖。吉野微笑着看杨树根，脸上一点也不狰狞，笑里的慈爱都像一个父亲了，而刀尖在一分一毫地往前。杨树根尽力向后退，后背贴在了墙上。

他还要尽力贴,实在无法再向后,只能尽力收腹。

杨树根几乎无法呼吸,肚子收成了纸片样儿,再也没法瘪下去了。杨树根眼里充满了无尽恐惧,而刀尖分明还在向前伸。背墙而立的男孩们一起跟着杨树根收腹,仿佛每人的小腹前都伸着刀尖。

杨树根再憋气就晕了,可只要憋不住这口气,肚子鼓出去他就死定了。吉野突然鬼魅地一笑,唰一下收回刀子。杨树根呼哧呼出一口气,瘫软晕倒在墙根儿。

吉野没有接着惩罚,他有些"失望",因为没抓到陈铁血。学生对吉野的怕在这个早晨到达了极点。这个瘟神手上的刀是真刀,枪刺是真枪刺。

张执一嘱咐陈铁血小心些。

"还是先不要去惹吉野了,他不知从哪儿弄来一把真腰刀。"

"我没招惹过吉野,是他不放过我。倒是乌恩叔,要不要告诉他躲一躲?"

"乌恩叔自己心中有数,你还是多操心一下自己吧。"

同学们为陈铁血担心,劝他请假回家避避风头。

"我交了学费,凭什么要请假回家?"

陈铁血话说得叮当山响,见那贼亮的洋刀还是有些怕的。田校长和韩先生上午又都不在学校,他加上了十二分小心。

上午第三节课快下课了,吉野忽然在柿子地大发雷霆,留种子的柿子少了一个。吉野让六年级停课，全员到柿子地集合列队。

张执一是级长，韩先生不在，他要和吉野交涉。而吉野挥手让张执一归队，他手握战刀把儿，站在学生和柿子地中间。

"谁偷吃了那个番茄？"

吉野指向那棵柿子秧，大柿子真不见了。谁偷了？同学们先想到的是陈铁血，有意无意地看向陈铁血。

"你们别看我，我没偷。"

"谁偷了番茄？这片番茄园是你们班种的，别的班级学生不敢进这个番茄园。"吉野又厉声质问，谁也不作声。

陈铁血也纳闷儿，谁这么大胆子敢偷留种子的柿子，韩先生特意交代过，偷哪个也不能动那两个，谁能比他胆子还大呢？

张执一也在想，陈铁血不会偷摘那个柿子，他一向听韩先生话，陈铁血不偷，谁还敢？崔宝义馋归馋，他没那个胆子，他吃的柿子从来都是陈铁血偷来的，陈铁血不偷来馋掉牙他也不去偷。

吉野叫学生面对面站成两横排，没人承认偷柿子便集体受罚。互相打嘴巴，要打得狠打得响，不喊停谁也不能停。日本人将这个惩罚美其名曰"协和嘴巴"。田校长跟原田斗争了很久，才取消了"协和嘴巴"的惩罚。田校长不在学校，吉野彻底撒起野来。

打"协和嘴巴"最怕排尾出现单数，单数那个人由日本人打。陈铁血站排头，他本可以不是那个单数。但他向外横跨一步，主动当了那个单数。

"最后给你们一次机会,你们谁偷了番茄?看见了谁偷番茄,也可以站出来报告。"

没人站出来承认偷柿子,也没人举报谁偷了柿子。吉野刚要大喊开打,张执一出列报告:"吉野先生,我想去查看一下现场,我想我能发现一些蛛丝马迹,找出谁偷了番茄。"

"番茄已经不见了,你还想要什么花招?"

"吉野先生,要是能找出来这个贼,大家也都公平,找不到再罚我们。"

"好,你去找,找不到你头一个挨打。"

张执一说寻找蛛丝马迹,不过是拖延时间。邻镇到双羊镇十二三里,田校长和韩先生观摩完要回来吃午饭,能拖到他们回来最好。

张执一从第一垄柿子查起,慢慢悠悠,假装在仔细查看。吉野不耐烦,大喊大叫。

真有了意外发现,那个大柿子在围墙根儿。柿子瓤被掏去了多半,柿子皮也只剩了一半,看上去像是耗子咬过。张执一捧着被咬破的柿子给吉野看,说:"吉野先生,这个贼是耗子。"

吉野看过咬破的柿子,心明镜儿似的,柿子不是学生偷的。但他可不想就此收场,大声斥责张执一:"耗子怎么会爬到架子上去?你听说过耗子会爬树吗?肯定是你们哪个人故意摘下来,耗子才会咬番茄,你们谁摘了番茄丢在了地上?"

张执一看柿子蒂说:"吉野先生,这个番茄不是摘下来的,是熟透了掉下来的。"

"睁眼说瞎话,这番茄还没有熟透,你不要糊弄过关。"吉野指着张执一,手指尖要戳到他的鼻尖了。

"吉野先生,等田校长和韩先生回来,让他们评理吧。"

"韩先生,他和你们一个鼻子出气,别以为我不知道他在番茄园干了什么。田校长嘛,没有他的支持,你们的韩先生也不会那么大胆子。"

张执一不敢再往下说,害怕言多有失,说漏了柿子地的秘密。吉野近乎狮吼,命令打嘴巴。张执一气泄了,田校长和韩先生二人还没影,不知啥时候才回来,不打这嘴巴吉野不会罢休。

吉野在胆子小的学生面前扬起了手巴掌,陈铁血向前一步:"吉野,你别罚他们了,柿子与他们无关,我摘下来丢在地上的。"

同学们都愣住了,张执一拿来被咬破的柿子,都看得出来那是瓜熟蒂落,耗子咬坏了地上的柿子。他是不想让同学们打嘴巴受辱,站出来自己认下这个事。他们还听到陈铁血直呼了吉野,也没说番茄,他说的是柿子。吉野早有规定要说番茄,不许说柿子。

张执一为陈铁血担忧,不能让他一人面对吉野,吉野手上那可是真刀。他带着斥责语气大声说:"陈铁血,你瞎说啥,明明是熟透落地的。"

"你把嘴闭上吧,我可没瞎说,是我摘了扔掉的。"

吉野用独眼打量陈铁血,说:"你认就好。"

"你罚我一个好了,不关他们的事,让他们去吃午饭吧,下课钟早敲过了。"

"不不不,我不会亲手罚你,我要你的同学来罚你。"

吉野要学生每人打陈铁血三个耳光,要打得噼啪作响,一个不响再加打三个。学生们都在心里骂吉野,没人真上前动手。

吉野气得手指捏得咯咯响:"你们再不动手,我抽你们每人五个耳光。"

眼看着吉野不会罢休,这嘴巴不打是不行了。陈铁血走到张执一面前,抻着脖子将脸伸过去:"执一,你打,你带头打了,他们就都打了。你是级长,你带个头。"

张执一没有动手,他怎么会伸手打陈铁血?

"执一,你打吧,我脸皮厚。"

张执一出列,大声说:"我和陈铁血合谋的。"

崔宝义也出列:"也有我。"

吕广大出列:"也有我。"

眼见着这几个学生要抱团了,吉野不想被吓住,他大声喊:"还有谁?"

王福义出列,朱三年出列,一个接一个出列,连被吉野打晕过的林天佐也出了列。最后所有的学生都向前一步出列。吉野失算了,所有学生都成了摘柿子的人。

他冷笑了一下说:"全班同谋,一起受罚。"

吉野恼羞成怒,抬起左巴掌唾了口唾沫,先奔张执一而来。陈铁血向右跨出一步,挡住了吉野。他指着吉野,手指尖要碰到吉野鼻尖了,他说:"吉野,打嘴巴不算本事,你敢和我摔跤吗?"

此话一出,愣住的是吉野。

"你摔不过我。"

"摔过了才知道。"

"你不怕我把你摔死?"

"摔过了才知道谁输谁赢,你不敢和我摔,你就是熊了。"

吉野要抽战刀,陈铁血摊着两只手说:"我只和你摔跤,我只有两只胳膊两条腿,你不敢摔跤你就是熊了。"

吉野让陈铁血的叫板叫晕了头,他摘下战刀立在篱笆墙边。陈铁血早拉好了架势。

崔宝义拉了拉张执一说:"坏菜了,陈铁血还没吃……"

"吉野也饿着呢。"

"我说的不是吃饭,是吃火烧,没吃火烧摔不过吉野。"

"摔不摔得过,不差俩火烧,你看陈铁血眼都红了,劲铆得足足的了,我信陈铁血。"

陈铁血和吉野在柿子地里摔了起来。

柿子秧快要扒架子了,是吉野迟迟未归才一直长着。柿子秧底部的叶子落光了,只剩顶尖上还有些新鲜的绿叶。摔上没几下,摔跤变了揉跤。陈铁血铁了心要赢吉野,攒了几个月的劲全使上。吉野吃亏在眼神上,独眼受限,黑眼罩也揉掉了。陈铁血一心想赢,吉野叫这气势给吓着了,没想到陈铁血会跟他玩儿命。

两个人在柿子地滚作一团,青柿子、红柿子都落下来。他们滚在柿子上,柿子汁水抹了半身,花里胡哨跟俩血葫芦似的。

崔宝义心眼多,他不敢上去帮陈铁血,大喊:"右手,右手……"

陈铁血一开始烦崔宝义乱喊,但他很快听出了崔宝义在给他提醒,吉野的右手摔折过。陈铁血看准了吉野的右手腕,狠狠踢上去,吉野疼得退出去两步。陈铁血不给吉野喘息的机会,又来抓吉野的右手腕,吉野再也不敢用右手了,这样陈铁血一下子占了上风。

陈铁血是不赢不撒手,越揉越来劲。拳怕少壮,相比之下吉野力衰下去,又只能单手应战,很快让陈铁血骑在身下。吉野摔输了,可他哪能认输?陈铁血起身后,吉野又疯狗似的扑上来。陈铁血用上了乌恩的招式,一个"抓腕拧臂抱腿摔",将吉野摔了个狗啃屎。吉野完全疯了,又扑向陈铁血,两个人又扭打在一起。陈铁血已完全占了上风,又将吉野骑在身下。陈铁血也摔疯了,早忘了摔趴吉野的后果。

吉野脑门上的血糊了眼睛,抹一把血和柿子汁混合黏液,他

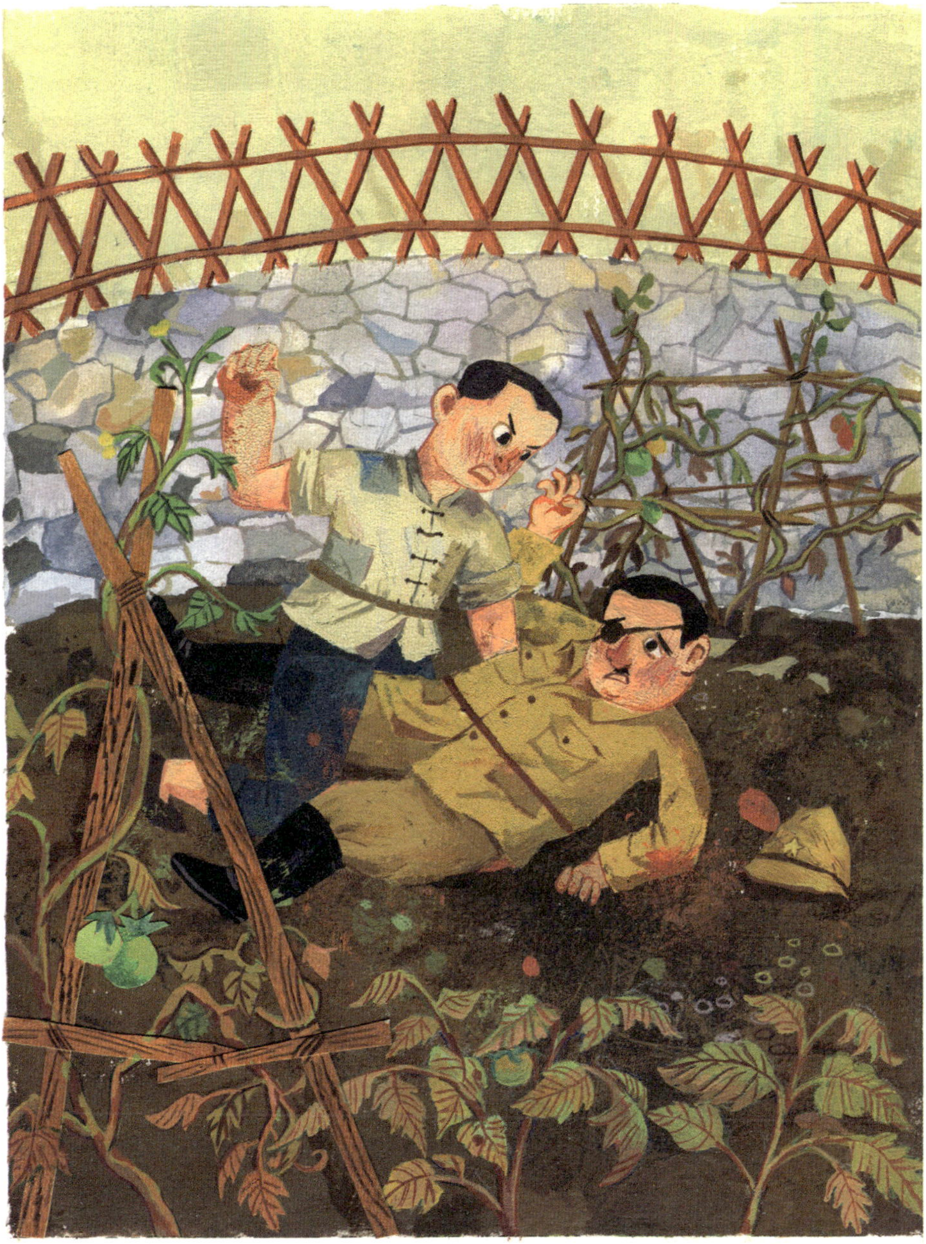

陈铁血一心想赢，吉野叫这气势给吓着了，
没想到陈铁血会跟他玩儿命。
两个人在柿子地滚作一团，
青柿子、红柿子都落下来。
他们滚在柿子上，汁水抹了半身，
花里胡哨跟俩血葫芦似的。

又站了起来。这一回他没有再找陈铁血摔跤,回身去找他的战刀。崔宝义离吉野战刀最近,抄起刀来丢到了篱笆墙外面。

吉野嗷嗷叫着要翻篱笆墙去拿回战刀。篱笆虽是树枝插的,但一个夏天爬满了拉拉藤和爬山虎,篱笆墙比石头墙还难翻越。

陈铁血看在眼里,吉野真拿到战刀,他小命就没了。他要是跑掉,吉野肯定拿同学出气。说啥也不能让吉野拿到刀,他一个箭步跳过来,拦腰抱住吉野,从篱笆上拽下来,拖着吉野往石头墙根去,好让他离战刀远一些。

吉野失去了理智,他没得招数可用了,张开臭嘴咬住了陈铁血的手。陈铁血疼痛难忍,用上了所有力气,抱着吉野摔了出去。吉野的头结结实实磕在了石头墙上,大虫子似的蠕动了几下,一点声音也发不出了。

柿子地从未有过这样的安静,没人敢上前去看吉野。陈铁血在看自己手背上的伤,他还不知自己惹下了天大的祸。张执一先冷静下来,吉野是头磕在了石头上,脑瓜子再硬也硬不过石头,陈铁血可是使了蛮力把他摔出去的。

张执一悄声说:"是不是摔死了?"

"他装死。"陈铁血双手拄着膝盖大口喘气。

经张执一提醒,陈铁血也发现不大对劲。他没想过要摔死吉野,手指着吉野喊他起来,再摔上八十个回合。

这时韩先生风是风火是火地跑进柿子地,张执一简单向韩先生说了经过。韩先生上前去看吉野,喊了几声一丝动静都没有。韩先生脸色也煞白,这一回陈铁血捅破了天。

韩先生让学生们先散了,都回教室里面去。学生们心中打鼓,韩先生让散便散了。田校长也赶来柿子地,见陈铁血满身红柿子汁,脸皮也破了,以为都是血。

韩先生拉住陈铁血说:"陈铁血,你快跑,能跑多远跑多远,别回来了,快跑。"

陈铁血也知道惹下祸了,说:"先生,我只想摔趴他出出气,祸是我惹的,我不走。"

"你再不走可就走不了了。"

"先生,我走了,你们都完蛋。"

"我们完蛋不了,起码死不了。"

"先生,我不走。"

韩先生急眼了,抡巴掌狠狠抽了陈铁血一个耳光,大吼:"你想让小岛把你也塞进狼狗笼子吗?"

一巴掌打醒了陈铁血,他不想喂狼狗。张执一也说:"陈铁血,听先生的,你快跑吧,再不跑,你就跑不了了。"

陈铁血没再说什么,他冲出柿子地,跑向学校大门。韩先生又喊住他,陈铁血孤零零地站在操场当央儿。

韩先生回了黄泥斋,把所有的钱都装进布口袋,让张执一送给陈铁血带上。陈铁血接了钱袋子,要在操场上跪拜韩先生。张执一拦下他,说:"你快跑吧,先生的头我替你磕。"

陈铁血拿了钱袋子奔出了学校,跑出去没一会儿,张执一又撒丫子撵出去。陈铁血腿长,又是去逃命,他哪能追上?陈铁血快跑过乌恩火烧铺了,张执一大声喊住陈铁血。

张执一拐到火烧铺,呼哧呼哧地对乌恩说:"叔,你再赊我几个火烧。"

"赊火烧干啥?"

乌恩看见了远处的陈铁血。

"陈铁血摔趴了吉野。"

"摔咋样了?"

张执一指了指脑瓜子:"摔坏了。"

乌恩很快镇定下来,将出锅的火烧全倒在笸箩里,觉着这还不够多,他把炉子上半生不熟的也捡了出来。一时找不到装火烧的布袋子,总不能让陈铁血端着笸箩去逃命。他急得原地转了几个圈,低头看见了腰上油脂麻花的麻布围裙,解下来铺在案子上,将滚烫的火烧倒在围裙上裹住。他扯着围裙两头跑到陈铁血跟前,将火烧包斜着系在陈铁血后背上。

"乌恩,你也快走吧,日本人迟早知道你和我们是一伙的。"

"你快走吧,日本人抓不到我。"

乌恩和张执一眼看着陈铁血离开了镇子。

第二十四章

　　柿子地一片狼藉，柿子秧的气味从来没有像这个下午这么浓烈。那些没遭殃的柿子秧也绿不了几天了，随着寒冬的到来，柿子地将成为一个荒芜的角落，与农家冬天的菜园没什么两样。然而知晓它荒芜前秘密的人，又会知道它有多么不一样。

　　赶散学生时韩先生说，吉野先生摔晕了要歇一歇。他们都知道吉野怎么了，都心照不宣地守着秘密。学校里安静得发慌，下午的上课钟敲响时，整个学校仿佛都抖了一下。

　　韩先生一直在柿子地蹲着，腿脚的麻木让他不那么紧张。他想到了严冬到来的荒芜，也想到了来年春上满地的柿子籽生根发芽，又能长成一片生机勃勃的柿子地。

　　"陈铁血是我的学生，我去替他堵这个窟窿。"

　　"我是校长，这全学校都是我的学生。"

　　"老兄，先别争了，咱得让陈铁血跑得远点。"

　　"他还是个孩子呀，能逃到哪儿去？"

"逃到哪儿算哪儿。"

"也只能逃到哪儿算哪儿。"

韩先生把吉野背回了办公室,放在吉野睡觉的床上。下午课上了很久了,学校里一丝声音都没有。崔树勋没给学生上日语课,他站在五年级教室门口,一直向吉野办公室这边望。

"这怎么行?书该念还是要念。"田校长走向教室,挨个班级说,"书要念得响。"

田校长捡回了吉野的战刀。抽刀出鞘,他闻到了血腥之气。下课钟敲过,他在操场上迎住崔树勋,把树勋引到柿子地。

"崔老师,吉野受伤的消息,先不要跟小岛队长讲。"

"田校长,瞒不过去,吉野是个日本人。"

"拖延一会儿是一会儿,让陈铁血跑得远一点,他还是个孩子。"

"我也听说了,吉野不去拿刀,陈铁血也不会发狠失手,他太恨吉野了。"

"这把刀不知杀害过多少中国人。"

"也有我的同胞。"

田校长和崔树勋互相盯着对方看。崔树勋笑了一下,说:"我不回宪兵小队,下了学直接回城去看望朋友。"

田校长和韩先生整个下午都在吉野办公室,他们谈论战事、国事、家事。他们心照不宣,明天有一个人要去宪兵小队,这个人可能再也回不来了。

天黑后学校陷入安静，住宿生在宿舍里一言不发，他们惦记逃命的陈铁血。陈铁血跑到哪儿去了？要跑得远一些，跑到天边去才好。

没人知道这个晚上，最后一个人是什么时候睡着的。

天光大亮，歪在椅子靠背上的韩先生先醒了，随即田校长也醒来。学生们陆续来上学，没有学生弄出声，都是轻手轻脚地走回教室去。

"老兄，我去了。"

"我是校长，不用我的先生去堵窟窿。"

"老兄，听我一句话。你在学校，或许这还是个中国人的学校。你去了，他们也不会允许我继续在这里教下去。这个学校没有你，就变成日本人的学校了，这群孩子就都落在了后娘手上。"

"我去，兴许还能活。"

韩先生当然懂这句话。他去了宪兵小队，日本人抓不到陈铁血，很可能会让他去抵命。而田校长去，他的堂兄在"省政府"做参事，日本人还是会看他堂兄一点脸面的。但他这个校长是不能再做下去了。

韩先生看着田校长，他的老伙计、老兄，说："不辞为国死。"

田校长想说话，但哽住了。

韩先生对着镜子整理了师容，说："老兄，我要跟我的学生道个别。"

田校长目送着韩先生走过操场,他的步态如往日一样从容。

"韩启愚,真先生也。"

韩先生没有给学生讲课文,他像个地理老师,在黑板上画了一张地图的轮廓,又画出了黄河、长江、松花江、长城,标出五岳……他的学生已猜到这是先生上的最后一课了。每个人的眼中都噙满泪水,嗡嗡嘤嘤地哭出声来。

"孩子们,别哭,哭是没用的。"

学生们还是止不住哭。

"少年如虎,何愁倭寇不除?"

"先生,我们记住了。"

"走到哪儿,都别忘了咱是中国人。"他又向着他的学生深鞠一躬,"孩子们,拜托了。"

韩先生刚走出教室,小岛领着宪兵闯进了学校。纸包不住火,他们还是得知了吉野的事。

日本人带走韩先生后,田校长开始了营救。他跟韩先生商量好的,只说摔跤失手,吉野当时并没有死,是吉野自己不想将受伤的事告知宪兵队,吉野认为那是他的耻辱。

田校长没有求助堂兄,堂兄不会为了一个教书先生得罪日本人。他自己爬上了教员室的屋顶,坐在烟囱口上。教员们也爬上了屋顶,接着是他的学生们,很快教室屋顶就坐满了人。

双羊镇人得知爬屋顶是为了救韩先生,也有人爬上了自家屋顶。

越来越多的人爬上屋顶，镇街的屋顶上坐着男女老少，没有人吵闹，也没人说为什么爬屋顶。

听说双羊镇人爬屋顶，大久队长和伪县长一起来了双羊镇，田宝三满头大汗道歉。大久感到事情不妙，小岛将教员们联名告吉野的信交给大久。

崔树勋当面证实了吉野的恶行，他也说吉野当时并没有死，吉野受伤后他还看望过吉野。这样一来大久有了台阶下，他能向赤西大佐打一份圆满的报告了。

说来不是大久讲理，放过韩先生一命。日本人正密谋进攻整个华北，关东军司令部密令，要力保"后方安定，满洲太平"。大久是只老狐狸，他何不就此收买双羊镇人心？吉野在大久眼中不过是个小人物，他怎么会因为一个独眼坏了大计？

两天后韩先生被释放了出来。田校长去接他时，发现不对劲，韩先生只会笑，哑了。没人知道这几天里，他在宪兵队遭遇了什么。

山口将韩先生转勤去了杜屯小学，一所离双羊镇很远很远的山村小学，全校只有三十多个学生。韩先生很乐意去那里教书，他收拾了行礼，告别了他的学生们。

田校长紧紧拥抱了他的老伙计。

双羊镇人拿出吃穿用物相送，韩先生一一摆手谢绝。柳记酱铺出了一辆骡车,韩先生没有再拒绝,他的腿受刑后走不得远路了。

韩先生离开双羊镇不久,小岛带兵包围了火烧铺。陈铁血摔死了吉野,乌恩就防备上了日本人,他夜里没有睡在火烧铺。小岛没有抓到乌恩,气急败坏地捣烂了铺子,又四处张贴了抓捕令,也没找见乌恩的影子。

学校又来了新主事,叫桥本六郎。这桥本木匠世家出身,本意是来中国学习木工手艺,却阴差阳错被征召入了行伍。他在周流河子差点被抗联击毙,养好伤后一直在柳城养闲。吉野被打死在双羊镇小学,谁都不爱来双羊镇小学,正好桥本无事可做,便派他来做主事。

桥本除了爱当木匠,还有个癖好——爱吃生鸡蛋拌大米饭。他脾气不大,不温不火,学生们犯了错,送他一两个鸡蛋就行。他发现了柿子地边上的黄泥小屋,跟田校长说他想在里面养鸡。

田校长断然拒绝了桥本,学生们知道了没多说话,站成一排挡住了黄泥斋。桥本不同于吉野,他没有强来。田校长将煤棚给了桥本去养鸡。只要他不祸害学生,养鸡便随他去养。

冬天到了,柿子地一片狼藉,风将柿子秧吹成了光秆。陈喜安将柿子秧和树枝架子拔掉,剁成小段分给班级生炉火。黄泥斋还关着门,田校长和学生们有时会往里看看,先生搭的土炕和桌椅都在。

学生宿舍的烟囱堵了,张执一上房顶去通烟囱。通开后他没有马上下来,翘首望向东北方向,很远很远的山村里有他的先生。张执一回过头看清理过的柿子地,猛然发现柿子地藏着一个秘密。冬日的柿子地裸露着它的轮廓,不规则的畦埂间藏着山水地图,三条曲折的沟渠是松花江、黄河、长江的形状。

张执一和他的同学经常上房通烟囱,看一看柿子地里的山河,望一望辽阔的东北。或许他们的先生也正望着这边。不知道哑了的先生怎么上课,春天来到后,他又会种一小块柿子地吧。

除了惦念韩先生,他们还惦念陈铁血。柳记酱铺的车夫出远门归来,带回了一个消息,他听人说几百里之外的宁城有一对祖孙,孙子用独轮车推着他的爷爷,走村串屯以说书为生。张执一他们跟过年一样高兴,认定那对祖孙说书人就是陈铁血和爷爷。

"陈铁血没去找大老杨?"

"他还要照看他的爷爷吧。"

"哪天他的爷爷不在了,陈铁血就上山找大老杨了。"

"他的爷爷要活着呀,爷爷不在了,陈铁血太孤零零了。"

他们走了很远的路,去杜屯小学告诉了他们的先生,知道先生记挂着陈铁血。先生还是那个先生,在土上写字告诉他们,乌恩来看过他,乌恩回了他的家乡西拉木伦河。

快要放冬假了,田少康来找张执一。田宝三弄到了从旅顺去日本的船票,田少康和他娘要去日本了。田少康不想去日本,但拗不过他爹。张执一不知该跟他说点什么,去日本不怪田少康,他拗不过田宝三。

"田少康,你帮我上房通烟囱吧?"

田少康欣然答应,一起上了宿舍屋顶。张执一将柿子地指给田少康:"你看出了什么?"

"好像地图。"

"是中国。"

"你修的?"

"是韩先生。"

"我也想先生了。"

"你要记着这块巴掌大的地,答应给吉野种柿子那天先生就说了,这里不是吉野的番茄园,这是我们的柿子地。"

田少康在屋顶看了很久,他忽然从屋檐上摔了下去。张执一吓得不轻,没来得及爬梯子,从屋顶上蹦了下来,抱起了田少康。

"不怪你,我自己上去,也是我自己掉下来的。"

"你哪里疼?"

"我哪里都疼,头摔破了,下巴也疼,胳膊疼,后背也疼,屁股疼,胯骨也疼,腿也疼,脚脖子疼,连脚趾也疼,我全身摔坏了,我去不了日本了。"

张执一嘿嘿乐了,他把田少康抱得更紧了一些。

"你故意摔的。"

田少康的左腿真摔骨折了。日本医生给他的伤腿打石膏固定,他让医生将石膏箍得厚一些。医生说石膏再厚些你就没法拄拐走路了。田少康忍着疼嘻嘻笑,说那样才好。

春天开学后,张执一带着大家清理了荒芜的柿子地,一起等待一场春雨让柿子籽生根发芽。他们悄悄商议过了,等柿子秧长出来,挖下一些秧苗给先生送去。

桥本不管柿子地的事,他把养鸡棚收拾得有模有样,门窗弄得比教室还阔亮。学生犯了错桥本不肯再收鸡蛋,他改为索要母鸡了。

田少康死活没去日本,腿还没好利索便来上学了。他走路一瘸一拐,可同学们都很待见他,没人笑他摔成了个小跛子。

2022 年 3 月 24 日改定于葫芦岛
2025 年 1 月 19 日再改于沈阳

后　记

　　我小的时候还常能听到村里的老人说，日本鬼子是真祸害人啊！接下去他们会说一些亲历的往事，讲日本鬼子当年怎么祸害人，我会听得浑身起鸡皮疙瘩，知道了为啥把日本人叫"鬼子"。当那些亲历者都老去离去，我们再回看那段历史，只能到历史书、档案袋里去找寻了。

　　这些年我读了许多当年亲历者的口述资料，我在几千个亲历者的口述回忆中，了解了当年的历史真相，更重要的是我获得了大量远超一个作家想象力的细节。大部分口述者都不愿意重新讲述，因为讲述一次等于再疼一次。我敬佩这些口述者的勇气，是他们让历史有了细节的实证。

　　十四年间，日本人在东北实行的"集家并屯"，也叫"归大屯"政策，给东北人民带来了深重的灾难，日本人占领东北的十四年间,这一政策造成了至少五百万人的死亡。

十四年间,日本共强制役使中国劳工超过一千万人。这些劳工被强制从事军事工程、筑路、开矿、拓荒和大型土建等劳役。他们经受危险的劳动环境、恶劣的生活条件,有病得不到救治,遭受着非人的虐待,最后或病亡或被日军杀害,有数百万中国劳工因此失去了生命。

十四年间,日本人在东北实施了奴化教育。他们编制新的学生教材,将日语定为"国语";历史课本中只有满洲史、东洋史和西洋史,公然将东北地区独立于中华民族的历史体系之外;地理课本上的地图只有东北,并将东北、朝鲜半岛涂成和日本同样的颜色;升日本国旗和伪满洲国旗,用日语唱日本国歌,向东朝拜天皇。很多中国孩子在日本投降后,依然不知自己是"中国人"。

中国作为二战的主战场之一,是受侵略时间最长、军民牺牲最多和经济损失最大的国家。全世界都知道德国的纳粹集中营,实际上,仅日本人在东北的集家并屯和强征劳工,所犯罪行就丝毫不亚于纳粹集中营。不论是使用的虐待、屠杀手段之残忍,还是造成的死亡人数之多,都超过了纳粹集中营。

自"九一八"之夜起,便有东北民众自发反抗,大大小小的抗日义勇军、抗日游击队活跃在山林原野与日军作战。中国共产党团结领导东北各方抗日武装力量,建立了东北抗日联军。东北抗联沉重打击了日本侵略者,牵制了近八十万的日本关东军主力,有力地支援了全国的抗战。东北人民的抗日战争是中国抗日战争的重要组成部分，在世界反法西斯战争史上写下了光辉的一页。

经过社会各界不断的呼吁，国家确定了"十四年抗战"的概念，这是件很值得欣慰的事。"十四"和"八"之间，是东北人民用生命抗争不止的六年。

"东北抗联三部曲"的故事发生的时间，大都在1931年到1937年之间的这六年，我想用文学来展现这六年间东北人民的苦难、牺牲和功绩。

小说《土炮》写了一个家庭的抗战，《龙眼传》写了一群人的抗战，《柿子地》写了校园里的反"奴化教育"。我想用这三部书，呈现全民族抗战爆发前的六年里，东北人民的苦难史和斗争史。书中的绝大多数情节和细节，都来自亲历者的口述。

为写这三本书，我阅读了超过五百万字的史料。这三部书的写作，我为什么会如此依赖资料？因为我想尽可能地呈现真实，作为书写者，我自己要信，这很重要。这些资料绝大多数都是口述史，那里有巨大的苦难、真实的历史，还有一个民族的韧性和耐力。因为是儿童小说，不适宜对细节全部真实呈现，这是一个遗憾。

那些口述人经常会被采访者问及一个问题：你原谅了日本人吗？大多数口述者都会坚定地说：不原谅。是的，作为受难者的子孙，我们也没有理由代我们的先辈，以任何名义轻易说出原谅，因为亲历者的痛苦太过沉重,几十年并不足以弥合常人无法想象的伤痕。

讲述这些,不是为了记仇,而是要记住这事。入侵者是容易健忘的,但受难者也健忘,就是无法容忍的悲哀了。

我们不做悲哀的那一个,为此不能轻易忘却。